KB077159

빅웨이브

장애를 뛰어넘은 K-POP STAR

빅웨이브

발 행 | 2023년 5월 24일
저 자 | 정승연
펴낸이 | 한건희
펴낸곳 | 주식회사 부크크
출판사등록 | 2014.07.15(제2014-16호)
주 소 | 서울특별시 금천구 가산디지털1로 119 SK트윈타워 A동 305호
전 화 | 1670-8316
이메일 | info@bookk.co.kr

ISBN | 979-11-410-2799-5

www.bookk.co.kr

ⓒ 정승연 2023
본 책은 저작자의 지적 재산으로서 무단 전재와 복제를 금합니다.

빅웨이브

장애를 뛰어넘은 K-POP STAR

정승연 글 그림

저자 소개

지은이 **정승연**

18 살, 고등학생으로 일산지역의 학교에서 나 홀로 미국 대학 유학을 꿈꾸며 재학중이다. 주변의 장애인학교를 보며 관심을 갖고 봉사를 하면서 장애인에 대한 삶에 관심을 갖기 시작했다. 지은 책으로는 다운증후군과 근육병 친구 간의 찐한 우정을 다룬 『그림자 친구』가 있다. 『그림자친구』는 2023 년 청일문학사 아동문학 신인작가상에 당선되었다. 심사평에서 정승연 작가에 대하여 아직 고등학생임에도 불구하고, 글 감의 소재가 아주 좋고 각기 다른 장애를 가진, 두친구의 우정을 표현해 내는 기법이 매우 신선하게 다가와 심사자님들께서도 깜짝 놀라셨다고 하였다. 또한 시각장애인들을 위하여 국립장애인도서관에 점자책 및 큰글자책, 음성도서로 제작되었다.

두번째로 쓴 『빅웨이브』는 K-POP 스타를 꿈꾸는 하이틴 학생이 꿈을 이룬 후, 불의의 사고로 하반신 마비가 된다는 스토리이다. 누구나 장애인이 될 수 있지만, 그들의 삶을 이해하기 어려운 사람들에게 장애인에 대한 새로운 시각을 전달해 주고자 쓴 장애인식개선의 의미를 가진 단편소설이다.

저자는 평소 장애 및 장애우들의 삶의 질에 많은 관심을 가지고 있으며, 특히 그들의 이동권 문제에 대해 깊은 관심을 가지고 있다. 관련하여 교내에서는 장애인식개선 New Thinking 클럽 리더로, 김포지역사회 청소년 운영위원회에서는 학생회 위원장으로서 장애인식개선을 위한 다양한 활동을 하고 있다.

또한, LG 화학이 후원하는 ESG 실천 기부 챌린지 앱 RZ(알지)에서 2023 년 장애인의 날을 기념해 중증장애인이 제작한 상품 판매 활성화 캠페인을 추진하여 '착한 제품, 착한 소비'를 소개하는 등 장애인식 개선 및 장애인의 삶에 대해 깊은 관심을 보여주었다. 이에, 김포시 지역사회 신문에서 선한 영향력을 보여주는 학생으로 선정되어 소개되었다.

프롤로그 (Prologue)

◆

내 머리속에서 들리는 목소리

모든 친구들 중에서 가장 도드라지는 그 목소리

사고를 당해 고단하고 힘든 시간을 견딘

나의 따뜻한 친구!

힘찬 날개를 준비하는 친구에게 선물합니다.

[일러두기]

본 책에 나오는 인물들은 실제 인물이 아닌 가상이며, 척수 손상 및 지체
장애인들의 모습 및 증상과 다를 수 있음을 알려드립니다.

* 이 책의 인세와 수익금은 장애인 단체에 기부됩니다.

목차

1.CM 엔터테인먼트 파이널 오디션

모두가 잠든 밤. 희미하게 자동차 지나가는 소리만이 들리고 있었다. 태민이는 깊게 잠들지 못한 채, 몸을 이리 저리 뒤척이며 머리끝까지 이불을 당겼다. 그때 누군가가 살며시 문을 열고 방안을 들여다보았다.

"태민아~ 최종 오디션이 내일인데 빨리 자야지."

"네."

엄마는 태민이의 방문을 열고 얼른 자라고 재촉했다. 그는 호수고등학교 2학년에 재학중이며, 공부 보단 춤과 노래에 더 열정적이었다. 성격도 매우 밝아서 가족 행사나 친척들이 모일 때면, 사람들 앞에서 춤을 추고 칭찬받는 걸 좋아했었다. 고등학생이 된 이후론 춤뿐만 아니라 큰 키와 귀여운 외모로 학교에서 핵인싸로 인정받고 있었다. 하지만 태민이는 BTS 처럼 세계에서 인정받고 유명한 가수가 되는 것이 목표인 꿈 많은 순수한 18살 고등학생일 뿐이었다.

어느 햇빛 가득한 오후 2시경.

CM 엔터테인먼트 파이널 오디션 센터

3명의 심사관들이 무표정한 얼굴로 엄중하게 앉아있었다. 심사관들은 미소를 살짝 지었지만, 태민이에게 그 미소는 친절하고 따뜻하 다기 보다는 감시자 같은 시선으로 태민이를 보는 것 같았다. 여러 대의 카메라들이 우뚝하니 서있는 태민이를 비추고 있었다. 한참동안 긴 침묵의 시간이 흘렀고 예선 기간동안 태민이에게 가장 많이 칭찬을 해 주셨던 실장님이 긴 머리를 어깨 뒤로 넘기며 태민이에게 말을 걸어 주었다.

"안녕, 태민아! 어제 잠은 잘 잤니?"

"아니요."

"왜?"

"너무 걱정이 돼요."

"어떤 게?"

"음...."

"괜찮아, 말해봐."

"오디션에 꼭 붙고 싶은데, 혹시라도 떨어질까 봐...."

태민이의 말에 앞에 앉아있던 심사관들 모두가 웃음을 터뜨렸다.

"태민아! 걱정하지마, 이전에 하던 대로, 연습한 대로만 하면 돼, 넌 잘 할 꺼야!"

왜 인지 모르지만 그분의 '넌 잘 할 꺼야' 라는 말은 '넌 합격할 꺼야' 라는 말로 들렸다. 그는 그 순간, 가슴 깊은 곳에서 자신감과 희망이 끓어오름을 느낄 수 있었다. 그의 긴장하던 모습은 사라졌다. 그리고 천장에 매달려 있는 큰 스피커에서 음악이 나오기 시작했다. 태민이는 평소처럼 연습한 대로 춤을 추었다.

스피커에서 다양한 박자의 음표들이 그를 향해 다가왔고, 음표들의 파도와 함께, 그는 바다 위에서 신나게 보드를 타듯이 춤을 추었다. 자신이 무슨 춤을 추고 있는지, 누구인지도 잊어버린 채, 그저 파도치는 음악에 몸을 맡겼다. 그의 움직임은 자유로운 한 마리의 돌고래처럼 부드럽고 강렬했다. 음악이 끝나고 침묵만이 흐르는 가운데, 태민이의 거친 숨소리만이 들려왔다. 그때 어디선가 박수 소리가 작게 들리더니, 점점 더 큰 박수 소리가 되었다. 태민이는 그제서야 심사관들의 표정을 읽을 수 있었다. 잘했다는 칭찬의 표정이었다. 태민이는 한껏 상기된 얼굴로 오디션장을 빠져나왔다. 오디션 밖에 있는 큰 모니터로 태민이의 춤추던 모습을 보고 있었던 부모님들은 그를 반갑게 맞아주었다. 엄마는 말없이 그를 꼭 안고서 귀에 대고 속삭였다.

"잘 했어, 아주 잘 했어. 우리 아들 너무 잘 했어!"

"봤어? 내가 춤추는 거 봤어?"

"그럼, 밖에서 다 보고 있었지. 아빠가 보기엔 우리 태민이가 BTS 보다 훨씬 더 춤을 잘 추던데!"

"아이~ 됐어!"

아빠도 머쓱했는지 말없이 그의 머리를 쓰다듬어 주었다.

　파이널 오디션이 끝나고, 2 주간의 시간이 흘렀다. 토요일 오후. 태민이와 엄마는 TV 를 보며 평화로운 시간을 보내고 있었다. 그때 갑자기 엄마의 핸드폰 소리가 울렸다. 엄마는 무의식적으로 팔을 뻗어서 옆에 놓인 핸드폰을 집어 들고 전화번호를 확인했다. 그리고 갑자기 소파에서 벌떡 일어나서, 테이블 위에 있는 리모컨을 잡고 TV 를 껐다. 태민이는 약간은 신경질적으로 엄마를 향해 소리를 질렀다.

"엄마! 왜 꺼?"

"잠깐만, 잠깐만."

엄마는 갑자기 핸드폰을 들고 있는 오른손을 부들부들 떨었다. 그리곤 천천히 말을 또박또박 하려고 노력하셨다. 그때 엄마의 얼굴 표정은 마치 공포영화에서 소름 끼치는 장면을 본 것 같았다.

"여~ 여보세요?"

"아~ 네! 선생님."

엄마는 지금껏 그가 본 모습 중에서 가장 예의 바른 자세로 전화를 받았다.

"네?... 네.... 네! 아이고, 정말요? 감사합니다. 감사합니다. 정말 감사합니다."

엄마와 통화중인 상대방의 목소리는 들리지 않았지만, 직감적으로 오디션 결과에 대한 내용임을 알 수 있었다. 통화를 마친 엄마는 흥분된 얼굴로 부르르 떨면서 태민이의 손을 꼭 잡았다. 그리고 소리 없이 기쁨의 눈물을 흘렸다.

"태민아! 파이널 합격이래, 합격! 오디션에 최종 합격했대!"

"정말? 정말? 합격이래?"

"그래, CM 엔터에서 최종 합격이래."

"오예! 예쓰~ 와우~."

태민이는 너무 기뻐서 소파 위에서 팔을 벌려 하늘을 날것처럼 점프를 했다. 그리고 엄마를 부둥켜 앉고 엉엉 울었다. 경쟁률이 얼마나 높은 지 알 수도 없는, 그 엄청난 경쟁을 뚫고 뽑힌 자신이 너무 대견스러웠고, 그동안의 맘고생과 잠을 줄여가며 밤 낮으로 하루 10 시간 이상 연습한 시간들이 머리속을 스쳐 지나갔다.

그리고 그동안 자신을 믿고 지지해준 부모님 생각에 감정이 왈칵 밀려왔다.

"엄마~엄마~ 나 정말 열심히 할 꺼야, 나 정말 BTS 처럼 될 꺼야."

최종 오디션 합격 후, 어느덧 한 달이 지났다. 드디어 정식 연습생으로 CM 엔터테인먼트에 첫발을 내 딛는 날이다. 태민이는 CM 엔터테인먼트 건물 앞에 서서, 맨 위층부터 아래까지 눈을 크게 뜨고 바라보았다. 역시 다른 건물들과는 달랐다. 엔터 회사를 나타내는 세련됨과 멋짐이 묻어났다. 드디어 떨리는 마음을 가지고 건물의 커다란 유리문을 힘껏 잡아당겼다. 새로운 세상, 나의 꿈을 펼 칠 수 있는 세상, 그 안에 내가 들어온 것이다.

문을 열고 들어가자 화려한 유니폼과 모자를 쓰고 앞에 서있던 직원이 태민이에게 다가왔다.

"어떻게 오셨습니까?"

"네, 안녕하세요. 이번 최종 오디션에 합격한 태민이라고 합니다."

그는 한걸음에 앞으로 다가가 자기 소개를 했다.

"혼자 왔어요?"

"네."

그때, 태민이는 산들바람이 두 뺨에 불어오는 것 같은 상큼한 기분을 느꼈다. 그리고 그의 뒤에서 일정하게 비춰지는 태양빛을 받은 직원의 모습은 마치 놀이동산의 요정처럼 보였다.

"자, 태민님, 4층 퍼플 방으로 가시면 됩니다. 오른쪽 1번 엘리베이터를 이용하시면 됩니다."

태민이는 엘리베이터를 타기 위해 안으로 들어갔다. 엘리베이터 앞에 서자, 가장 인기있는 아이돌 그룹인 ROSE 그룹의 사진이 엘리베이터 문에 붙어있었다. 그는 뛰는 설렘을 감추지 못하고 발을 동동거렸다. 그리고 몇 초 후, 엘리베이터 문이 열렸고 핑크 블라우스와 검정색 선글라스를 쓰고 있는 한 여성이 가만히 서서 핸드폰을 바라보고 있었다. 그는 그녀를 잠시 스치듯 보았지만 단번에 그녀가 누군지 알 수 있었다. 그의 앞에 서 있는 멋진 여성은 CM 엔터 소속의 여성그룹인 ROSE 의 막내 멤버였다. 에피라고 불리는 그녀는 그가 가수가 되면 꼭 만나고 싶었던, 상상 속 여사친 이였다. 태민이는 너무나 놀라서 자신도 모르게 한 발짝 뒷걸음질을 쳤다.

"어~어~"

심장은 폭발할 듯 뛰었다. 그는 놀란 토끼 눈을 한 채, 바보처럼 인사도 못하고 멍하니 바라보기만 했다. 엘리베이터 문이 닫히려던 찰나에 그녀는 내리면서 그에게 왼손을 들어서 인사를 하고 지나갔다. 그는 사라지는 그녀의 뒷모습을 멍하니 쳐다보았다. 4 층까지 올라가는 동안 그는 많은 생각을 하게 됐다.

"ROSE 멤버들과 어깨를 겨루는 멋진 가수가 되겠어! 꼭 해내겠어!"

이제 그 시작이 눈앞에 펼쳐진다. 퍼플 방 문의 손잡이를 잡고 천천히 당겼다. 그곳에는 비슷한 나이 또래로 보이는 4 명이 더 있었다.

2. 본격적인 연습생 시작

"엄마, 나 이제 연습실 도착했어. 연습 끝나면 전화할게."

"그래. 연습 잘하고 와."

엄마는 핸드폰의 통화가 끝난 걸 확인하고 한숨을 크게 내쉬었다. 벌써 6 개월째 학교와 연습실을 오고 가는 생활을 쉬지 않고 하고 있다. 남들보다 더 열심히 하고 싶은 마음에, 가장 늦게 연습실을 나오고, 연습이 모두 끝났는데도 엄마에게 연락을 하지 않은 채 밤 늦게까지 혼자 연습을 해서, 직접 부모님이 찾아간 것도 여러 번이다.

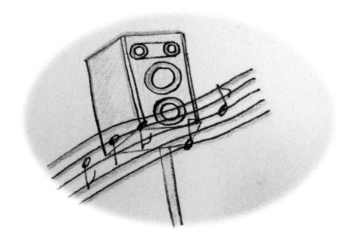

하지만 태민이는 한번도 힘들다 거나 짜증내는 모습을 보이지 않았다. 엄마는 한편으로는 대견함과 동시에 안쓰러움이 크게 느껴졌다. 늦은 저녁, 연습실 안에서는 음악 소리만이 들려온다. 그리고 그 음악소리에 맞춰 댄스 연습을 하고 있는 태민의 머리는 이미 땀에 젖어 헝클어지고, 숨은 거칠어져 있었지만, 표정만은 즐거워 보였다.

CM 엔터의 댄스 페스티벌이 일주일 앞으로 다가왔다.

말이 축제지 이때 다른 소속사 관계자들과 여러 선생님들이 연습생들을 평가하고 남자 아이돌 데뷔를 목표로 따로 준비를 시킨다는 소문이 돌고 있었다. 엄마도 왜 태민이가 그렇게 많은 시간과 노력을 들여서 자신만의 춤을 만들고, 갈고 닦는지를 잘 알고 있었기에 옆에서 묵묵히 지켜보고 있었다.

늦은 일요일 저녁 시간, 한강의 벗꽃나무 뒤로 붉은 해가 넘어가고 있었다. 보통의 모든 사람들이 집에서 하루를 마무리하고 있을 시간에 태민의 엄마는 벌써 한 시간째 아들이 춤추고 있는 연습실 밖 의자에서 기다리고 있었다. 태민엄마 옆에는 집에서 정성껏 싸온 도시락이 놓여 있었다. 복도 끝에서 들리는 누군가의 인기척에 엄마는 순간 긴장을 하였다. 멀리서 보이는 걸음걸이에도 자신감이 넘쳐 보였고, 희미하게 보이는 불빛속에서도 카리스마가 대단하게 느껴지는 한 여성, 그녀는 CM 엔터의 연습생 총괄 담당자인, 한 실장님이었다. 그녀는 하이힐의 날카로운 발자국 소리를 내면서 점점 다가왔다. 하이힐의 소리가 가까워질수록 태민이 엄마의 심장은 빠르게 뛰었고, 기다림에 지쳐 평온했던 머리속은 갑자기 혼란스러워졌다. 태민이 엄마는 의자에서 벌떡 일어나 자신보다 한참 더 어려 보이는 한실장에게 90 도로 고개를 숙여 인사를 했다.

"안녕하세요."

"네! 태민이 어머님?"

간결한 목소리, 짙은 화장에 멋짐이 폭발했다.

"네. 아이가 아직 연습 중이라……."

한 실장은 조용히 연습실 문을 열어보고는 살짝 미소를 띄웠다.

"아드님을 정말 잘 키우셨어요. 착하고, 성실하고, 정말 열심히 하는 친구입니다."

날카롭고 까다로워 보이는 이미자와는 다르게, 한 실장이 태민이를 칭찬하자 태민이 엄마는 고개를 다시 숙이며 감사의 표시를 했다.

"실장님, 혹시 실례가 안 된다면 질문 하나해도 될까요?"

"네, 물론이죠"

"부모입장에서 보면 저희 애가 그 누구보다 정말 열심히는 하거든요. 그런데 실장님이 보시기에는 어떤가요? 가수가 될 수는 있는지…."

태민이 엄마는 혹여 말실수라도 하지 않을까 걱정스러운 맘도 들고 긴장도 해서인지 말을 끝까지 하지 못했다. 한실장은 입술을 굳게 닫은 채 무언가 생각을 하는 듯, 잠시 바닥을 바라보았다. 무엇인가 깊은 생각을 하는 듯했다. 그 침묵의 시간은 태민이 엄마에게 1 초가

10 분처럼 느껴졌다. 잠시 후 한실장이 살며시 웃으면서 고개를 들었다.

"제 생각도 어머님 생각과 같습니다. 태민이가 매우 성실하게 열심히 하고 있습니다. 게다가 기대하는 것 이상으로 자신만의 댄스를 하고자 노력하는 게 보이네요. 뭐라고 할까? 좀 달라요."

"정말요? 좋게 말씀해 주시니 너무 감사합니다."

한실장은 태민이 엄마를 지나치면서 작은 목소리로 한 마디 말을 더해 주었다.

"태민이 재능이 있어요! 남들과 다른 재능이요."

　한실장이 지나가고 난 뒤, 태민이 엄마는 깊은 안도의 한숨을 쉬었다. 그리고 그녀는 태민이가 한창 연습중인 문을 천천히 열고 가만히 서서 안을 들여다보았다. 태민이는 댄스에 몰입을 해서인지, 엄마가 들어온 줄 도 모르고 자신만의 댄스의 세계에 빠져 있었다. 마침, BTS 의 Dreamers 노래가 들려오고 있었다. 그녀는 태민에게서 눈을 떼지 않으셨고 이전보다 더 주의 깊게 보려고 노력했다. 그의 춤 동작은 비트에 맞게 날카로웠고, 가끔은 부드럽게 점프를 하기도 했다. 감각적인 동작의 움직임과 프리 스타일의 춤 동작이 섞여 있었다. 한마디로 표현하자면, 그녀의 눈에도 태민의 춤은 굉장히 독창적이고 달라 보였다. 드디어 음악이 끝났고, 거친 호흡소리만이 연습실을 채웠다. 태민이가 바닥에 주저 앉고 나서야 비로서 그녀는 태민이를 불렀다.

"태민~."

"엄마! 나 춤추는 거 봤어?"

"응. 잘하던데."

"됐네요. 고슴도치도 자기 자식은 예쁘다고 하는데, 엄마 눈에는 잘하는 것처럼 보이겠지."

"그래! 내 눈에는 내 자식이 제일 잘 나 보인다. 짱! 짱!"

엄마는 두 손의 엄지를 치켜 올리며 미소 지었고, 연습실 바닥에서의 즐거운 식사가 끝나갈 무렵 조심스럽게 태민이에게 물었다.

"재미있니?"

"뭐가?

"춤추는 거 재미있냐고?"

"응."

"힘든 건 없어?"

"음...있지."

"뭔데? 말해봐."

"한실장님이 자꾸 생각을 해보래. 뭐가 문제인지? 자신의 장점과 단점은 무엇인지? 어떤 사람이 되고 싶은 지? 하여튼 매일 하루에 한 가지씩은 꼭 생각한 걸 말해보래. 매일 다르게."

"와~ 정말 힘들겠는데."

"그렇지, 엄마도 그렇게 생각하지. 난 지금까지 생각하는 게 이렇게 어려운 건지 몰랐었어. 그런데 다르게 생각해보니까, 이게 어려운 만큼 도움은 많이 되는 것 같아. 나 자신을 알아간다고 할까."

"오~ 우리 아들 그렇게 생각한다고 하니까, 이제 다 컸네."

"자, 그럼. 오늘 질문이 어떤 사람이 되고 싶은 지 말해 보는 거였거든, 엄마가 대답해봐. 엄마는 어떤 사람이 되고 싶었어? 생각해봐!"

"음. 나는…."

그녀는 방에 있는 대형 거울을 보면서 한참을 망설였다.

그리고 많은 생각 후에 그녀는 마치 환상 속으로 빠진 듯이 설명을 하기 시작했다.

"생각! 생각은 상상이지! 난 하늘을 나는, 날고 싶은 생각을 자주 해. 상상하는 거지. 새처럼 팔을 펄럭이면 하늘을 날 수 있는 사람. 그런 사람이 되고 싶어."

그러면서 새처럼 팔을 위 아래로 퍼덕거리면서 연습실을 뛰어다녔다.

"엄마! 뭐 하는 거야? 상상이 아니라 생각을 해 보라고!"

"태민아! 생각이 상상이야, 난 생각을 하는 거구, 또 상상을 하는 거기도 해. 세상에 딱 맞는 답은 없어. 멋지지 않니! 나는 난다, 난다, 새처럼 난다."

그녀는 어릴 적 시절로 돌아간 듯 웃으면서 연습실을 뛰어다녔다. 그리고 그 모습을 가만히 바라보던 태민도 자리에서 일어나 엄마와 함께 연습실을 뛰어다녔다.

"엄마! 지금 이 모습 우리 너무 웃긴 거 같아. 상상을 해보니까 너무 즐거운데, 와 ~ 정말 새처럼 날아다니는 거 같아."

두 사람은 그날 잊지 못할 상상의 추억을 같이 가졌다.

3. 댄스 페스티벌

화려한 조명이 무대를 비추고 수십 명의 소속 가수와 관계자들 그리고 다른 회사에서 초대받은 사람들까지 자리를 가득 메우고 있었다. 벌써 ROSE 팀뿐 아니라, 여러 가수들이 축하 노래와 공연을 끝냈다. 무대 뒤쪽 복도에서 초조하게 기다리던 연습생 5 명은 각자 자신만의 댄스 공연을 보여주기 위해 대기하고 있었다. 평소에는 친한 친구들이었지만 오늘만큼은 그들 사이에 왠지 모를 긴장감이 흘렀고 서로 간에 아무 말도 하지 않았다. 그때 한실장님이 그들을 찾아왔다.

"애들아~ 준비됐니?"

"네."

5 명이 모두 동시에 대답했다.

"페스티벌, 알지? 축제야. 너무 긴장하지 말고, 그 동안 준비한 것 맘껏 즐기고 내려와"

한실장님의 말에 우린 서로 얼굴만 볼 뿐 아무런 대답도 하지 않았다. 그녀에겐 축제일지 몰라도 그들에게는 K-pop 가수를 위한 데뷔 오디션이었던 것이다. 천정에 내리쬐는 각양각색의 화려한 조명과 많은 사람들이 바라보고 있는 이런 큰 무대는 그들 같은 연습생들이 마주하기에는 너무나 긴장되는 순간들이었다. 아마도 처음 경험하는 누군가에게는 숨조차 쉴 수 없을 정도의 공포감이 느껴졌을 것이다.

"자~, 우리 파이팅 한 번 하자. 손! "

우리는 실장님의 말에 동그랗게 서서 손을 가운데로 뻗어 각자의 손을 겹치게 올려놓았다.

"하나, 둘, 셋 파이팅."

잠시 뒤, 그들을 소개하는 사회자의 안내가 흘러나왔다.

"자~, 여러분 우리 CM 엔터테인먼트의 미래를 이끌어갈, 새로운 스타가 될, 연습생들을 소개할 시간이 왔습니다."

"첫 번째 무대를 열, CM 엔터의 뉴 스타, 노을 군입니다. 박수로 맞아주십시오."

태민이와 동갑인 노을이 무대로 걸어 나갔다. 몇 마디 말소리 이후에 노래 소리가 들렸다.

그리고 다음 번 순서, 다음 번 순서, 다음 번 순서. 마지막이 태민이의 순서였다. 한 명씩 나갈 때마다 태민이의 심장 소리는 점점 더 커지는 듯했고 정신이 혼미해지는 것 같았다. 그리고 드디어 태민이를 소개하는 소리가 들렸다.

"이제 마지막 뉴 스타입니다. 제가 확인해 본 바에 의하면, 연습생 중에 가장 많은 연습을 한다고 합니다. 우리가 한번 확인해 봐야겠죠. 자! CM의 마지막 뉴 스타, 태민 군입니다. 박수로 맞아주십시오."

태민이는 천천히 무대 중앙을 향해 나아갔다. 그의 앞에는 수많은 사람들이 앉아 있었지만, 그들의 표정은 하나도 보이지 않았다. 잠시 침묵이 있은 후 실장님의 목소리가 어디선가 들려왔다.

"태민아! 내 생각엔 태민이가 이렇게 많은 사람이 있는 무대에 서 본건 처음이라고 생각하는데, 무대에 서 보니 기분이 어때? 어떤 생각이 드니?

태민이는 실장님이 어디에 앉아서 말을 하는지 보이지 않았다. 그냥 하늘에서 누군가가 자신에게 물어보는 것 같았다. 떨리는 마음을 진정시키기 위해 잠시 눈을 감은 후, 마이크에 입을 가까이 가져가서 약간은 떨리는 목소리로 이렇게 말했다.

"지금은⋯⋯생각하지 않습니다. 상상을 하려고 합니다."

"무슨 상상?"

"내가 BTS 다!"

무슨 생각으로 그런 말을 했는지는 모르지만 툭, 툭, 툭 태민이의 입에서 BTS 라는 3 글자가 튀어나왔다. 그곳에 있던 모든 사람들이 크게 웃기 시작했다. 웃음 소리가 너무 커서 순간 태민이는 자신이 코미디언이 된 것 같다는 생각이 들 정도였다. 그리고 점점 웃음 소리가 줄어들 즘에, BTS 의 Dreamers 노래가 들려왔다. 아마도 수백 번은 들었을 이 노래에 그의 몸은 그냥 자연스럽게 움직여 졌다. 스피커에서 Dreamers 의 2 분 음표, 4 분 음표가 그를 향해 날아왔다. 코드가 진행됨에 따라 그는 흘러나오는 여러 악보 위로 점프를 했고, 2 분 음표에서는 부드럽게 4 분 음표에서는 강하게 그리고 8 분 음표와 16 분 음표에서는 빠른 회전으로, 자신만의 독특한 안무를 선보였다. 그것은 BTS 를 따라했다기 보다는 오로지 태민 자신만의 색채가 드러난 무대였다. 음악이 끝났을 때 그는 고개를 숙이고 있었고, 무대 주위에는 폭풍 뒤의 고요 함처럼 적막감이 돌았다. 그리고 잠시 뒤 그 적막을 깨는 작은 박수소리가 들려왔다. 그리고 뒤이어 들려오는 엄청난 박수소리에 태민이는 고개를 들어 앞을 바라보았다.

"잘 봤어요. 태민군? 이름이 태민 인가요?

"네."

"BTS 맞네요."

"감사합니다."

"상상이란 단어를 썼는데, 음, 상상력 좋았어요. 안무에 섬세함이 있고, 다른 사람들과는 다른 자신만의 색깔이 분명해서 아주 좋았어요. 앞으로도 우리 태민군의 상상력이 어떻게 표현될지 기대되는데요."

CM 페스티벌이 끝나고 1 주일가량이 지난 후, 태민이와 노을이 형 그리고 기존에 있던 다른 연습생 형들 3 명이 5 층 사무실 안쪽에 위치한 회의실에 모여 있었다. 그 중 강력한 눈과 멋진 콧날 그리고 날카로운 턱 선을 가진 한 멤버가 태민이에게 말을 걸었다.

"너가 BTS 구나."

"뭐?"

"페스티벌때, 너가 한 말" 옆에 앉은 노을이 형이 태민에게 넌지시 말해 주었다.

"아~"

"너 그 말 때문에 좀 유명해졌는데?"

"아~그래."

"춤도 정말 잘 추던데, 6 개월 연습생 치고는 대단했어."

약간은 이국적으로 생간 다른 멤버가 끼어들었다. 그 때문에서 노크 소리가 들려왔다.

"모두들 안녕."

한실장님이 밝게 웃으면서 문을 열고 들어왔다.

"자! 다들 기다렸지? 바로 결과를 알려 줄게. 이제부터 너희 5 명, 태양, 새론, 노을, 태민, 진영은 CM 의 새로운 프로젝트, 남성 5 인조 그룹, 블랙틴 멤버로 트레이닝을 받게 될 거야"

"블랙틴이요?"

모두가 갑작스러운 소식에 동그란 눈을 하고 서로의 얼굴을 바라보았다.

"그래. 그룹명은 우선 대표님이 지은 건데, 바뀔 수도 있겠지. 이름이 중요한 게 아니고 이제 너희 5 명이 실제 데뷔를 목적으로 연습을 같이 해야 한다는 거지. 우선 여기 5 명이 한 팀이라고 생각하면 되. 서로 정식으로 인사하고, 연습도 앞으로는 이곳 5 층 엘리베이터 옆에 있는 1 번 연습실에서 같이 연습하게 될 꺼야. 그리고 보컬 선생님과 댄스 선생님이 따로 지정이 될 거구. 자! 그럼 우리 아직 잘 모르는 사이니까, 서로 자기 소개를 간단히 해 볼까? 왼쪽 진영이부터 해보자"

"안녕! 난 진영, 연습생 3년차."

"안녕! 난 태양, 연습생 3년차."

"안녕! 난 새론, 연습생 2 년차. 반갑다, 잘해보자"

"안녕! 난 노을, 연습생 6 개월"

그리고 드디어 태민이 차례가 되었다. 자리에서 일어섰다.

"안녕! 난 태민, 노을이 형과 같이 연습생을 시작했어. 잘 부탁해."

"자. 이제 소개도 끝났고, 오늘부터 저녁 12시 전에 집에 갈 생각은 하지 마라! 데뷔를 위한 연습은 지금까지 한 거와는 차원이 다를 거다. 더 힘들고 지친 여정이 될 거야. 만약 포기하고 싶으면 지금 포기하는 게 좋을 거야.

데뷔까지 견디지 못하면 너희 팀은 언제든 해체될 수 있다는 거 잊지 말고."

"실장님, 정말 오늘부터 12 시까지 연습해야 하는 겁니까?"

"물론이지."

진영의 물음에 한실장님은 단호하게 말했다.

"너희들은 이제 스스로에 대해 돌아보고, 자기 스스로를 잘 통제하는 법을 배웠으면 좋겠다. 3 가지만 말해볼 게. 첫째는 모든 일에 진실 되어야 만 해. 거짓된 말과 행동을 하고 들키지 않게 조심하는 방법은 절대로 안된다는 걸 알아야 되. 이 진실은 지키지 못하면 언제든 너희 들의 인생은 곤두박질 칠 수 있으니까, 꼭 기억했으면 좋겠다. 두 번째는 성실해야 하겠지. 너희는 K-pop 아이돌 스타가 되기 위한 팀이고, 그렇게 되기 위해서는 체조, 스트레칭, 운동, 춤 연습, 노래연습, 음악공부 이런 것들을 매일 해야 되. 매일! 지겨울 수 있지. 하지만 매일 매일 하는 성실함, 그 마음, 그 자세가 중요한 거라는 점 잊지 말도록. 그리고 세 번째는 겸손해야 되. 너희 주변에는 이제 차를 운전해주는 분, 스타일 리스트, 매니저 등 수많은 사람들이 너희들을 돌봐 줄 건데, 이 분들에게 행동으로 잘 하려고 하지 말고, 마음속으로, 마음속으로 고마워할 줄 알아야 되. 진심으로, 진실되게. 왜냐하면 너희들은 한 명, 한 명 보면 매우 부족한 사람이거든, 그런 너희들을 주위에서 도와주는 분들이라는 점을 꼭 행동이 아닌 진심으로 고마워할 줄 알았으면 좋겠다. 우리 CM 엔터는 이 세가지를 모두 가지고 있는 가수를 찾고 있고, 너희 5 명이 이 조건을 갖추었다고 판단했어. 지금부터 이 3 가지를 가슴속에 꼭 명심했으면 좋겠다."

실장님의 말은 그 어느 때보다도 진심이 담겨 있었고, 말의 무게는 그 어떤 것보다 더 무거워 보였다. 다섯 멤버도 전과는 다른 진지한 자세로 실장님의 말을 경청했다. 실장님은 한 박자 쉰 후에, 다섯 멤버의 얼굴을 차례로 보면서 이름을 다시 한번 불렀다.

"진영, 태양, 새론, 노을, 태민, 이건 내 개인적 소망인데, 난 너희 다섯 명이 성공한 가수가 되기보다는 존경받는 가수가 되었으면 좋겠다."

잠시 뒤, 한실장님은 회의실의 문을 열었고 멤버들은 갓 태어난 아기 병아리처럼 그녀 뒤를 따라 나갔다. 그들은 서로의 등만 바라보며 엄숙하게 조용히 걸었다. 그런데, 책상에 앉아서 일을 하던 직원 분들이 갑자기 자리에서 일어나더니 폭죽을 터트렸고, 큰 음악소리와 환호성을 질렀다. 다른 한쪽에서는 대표님이 촛불을 켠 케익을 직접 들고 멤버들을 향해 걸어오고 있었다.

그리고 그 뒤로 멤버들을 전문적으로 지도해 줄 여러 코칭 선생님들도 같이하고 있었다.

"CM 엔터의 4 번째 그룹, 블랙틴 멤버가 된 걸 축하한다."

대표님이 모든 직원들 앞에서 축하의 말을 전하자, 그곳에 있던 모든 사람들이 소리치며 기쁨의 환호를 해 주었다.

"축하해요, 축하해요, 축하해요." 여기저기서 축하한다는 목소리가 들려왔다. 이런 깜짝 이벤트를 전혀 생각하지 못했기에 멤버들은 너무 놀랐다. 시간이 조금 지나자, 그제서야 태민이는 블랙틴 멤버가 된 걸 축하해주는 사람들의 모습이 보이기 시작했고, 그토록 원했던 아이돌이 될 수 있다는 희망과 꼭 해내고 싶은 열망과 생각에 눈물이 고이기 시작했다. 말로 표현할 수 없는 감정들이 가슴 속 깊은 곳에서 소용돌이쳤다. 그리고 하염없이 흐르는 눈물을 손가락으로 '쓱' 닦아내는 순간, 한쪽 끝 복도에서 커다란 꽃다발을 들고 서 있는 부모님의 모습을 보게 됐다. 그 뒤로 다른 멤버들의 부모님들도 보였다. 갑작스러운 부모님들의 등장은 그들을 더욱 더 놀라게 했다.

"엄마~"

태민이는 울면서 외쳤다. 한번도 느끼지 못한, 화산 분화구에서 솟구치는 용암보다 뜨겁게 주체할 수 없는 흥분이 밀려왔다.

눈물을 보이지 않으시려고 무단히 노력하는 듯 보이는 아빠의 뺨에서도 결국엔 기쁨의 눈물이 흘러냈다. 처음 보는 아빠의 눈물이었다. 태민이는 엄마에게 안겨 펑펑 울었고, 그런 그를 엄마는 등을 토닥거려주며 진정시키려 했다.

"고생했다. 내 아들. 자랑스럽구나. 사랑한다 내 아들."

주위는 마치 이산가족의 상봉 같은 아비귀환의 장면 같았다. 다들 껴안고, 울고, 축하해주느라 정신이 없어 보였다. 그 와중에도 가장 큰 울음 소리가 나는 곳은 따로 있었다. 가장 오랜 연습생 시절을 보낸 진영이 형이 있는 곳이었다. 가장 많은 식구들이 온 듯 보였다. 부모님과 누나들로 보이는 여러 명의 가족분들이 동그랗게 모여서 마치 큰 일이라도 난 듯 대성통곡을 하고 있었다. 생각해보면 3년이라는 시간 동안 지치지 않고 빛이 보이지 않는 터널 속에서 자신만의 꿈이라는 희망의 불빛을 찾아 달려온 시간은 매우 길고도 고통스러운 시간 이였음에 틀림없었다. 태민이는 그가 대단해 보였고, 한편으로는 존경스럽다는 생각까지 하게 됐다. 그렇게 멤버들에게 오늘은 잊지 못할 추억의 시간들이었다.

4. 블랙틴 정식 멤버가 되다

진영, 태양, 새론, 노을 그리고 태민은 안무선생님의 지도하에 음악에 맞추어서 칼 군무를 추고 있었다. 초반 안무는 먹이를 찾아 서서히 다가가는 호랑이의 부드러운 동작을 강조했고, 후반부로 갈수록 먹이를 잡는 맹수의 빠르고 민첩한 행동을 표현하기 위한 파워풀한 동작들로 구성이 되어져 있어 각 멤버의 섹시함이 물씬 풍겨났다.

동작하나 하나가 개별적이면서도 순간 일치된 모습을 보여줘야 했기에 5 명 멤버 모두는 매우 집중된 모습을 보여주고 있었다. 또한 그럴 수밖에 없는 점은 모든 연습

장면이 카메라로 녹화가 되고 있었기 때문에 연습도 실전처럼 할 수밖에 없었다. 하지만 더욱 더 그들을 긴장하게 한 것은 따로 있었다. 바로 옆에서 웃음기 없는 표정으로, 마치 없는 꼬투리라도 잡고야 말겠다는 표정으로, 그들을 바라보고 있는 한실장님이 있기 때문이었다. 음악이 다시 멈추자 한실장님은 작은 목소리로 그들에게 말했다.

"오케이!"

그러자 옆에 있던 안무선생님은 쉬는 틈을 주지 않고 그들 앞으로 나와 섰다.

"애들아, 잘했다. 우리 호랑이 안무는 여기까지 하고, 독수리 안무로 넘어가볼까?"

선생님의 칭찬에도 멤버들의 얼굴은 다들 지쳐 보였다. 머리카락은 이슬비라도 맞은 듯 축축히 젖어 있었고 땀방울이 눈으로 흘러서 눈을 제대로 뜨지 못할 지경이었다.

"선생님, 잠시만 쉬었다 해도 될까요?" 노을이가 용기 내어 말을 했다.

"애들아! 힘드니?" 실장님이 한발 다가오면 말을 했다.

"네" 모두가 기다렸듯이 한 목소리로 대답했다.

"그럼, 우리 10 분 뒤에 회의실에서 보자! "

실장님은 그렇게 연습실을 나가셨다.

잠시 뒤, 회의실 의자에 각자 앉은 블랙틴 5 명은 어리둥절한 표정으로 고개를 숙이거나 다른 곳을 바라보면서 실장님의 시선을 피하고 있었다.

"음, 이틀 전에 너희가 연습한 영상을 봤거든, 그래서 내가 한 명, 한 명씩 얘기를 해 줄게. 먼저, 태민이는 생각했던 것보다 잘 하는 것 같아. 노래와 춤 실력도 많이 늘었네. 특히 안무와 퍼포먼스 능력이 좋은 것 같아.

호랑이와 독수리 안무도 태민이 아이디어라며. 넌 오늘부터 숙제가 있어. 앞으로 1주일에 하나씩 새로운 안무 비디오를 찍어서 나에게 보내. 그리고 진영아! 진영이는 태민이하고 연습하는 시간이 거의 비슷하지 않나? 난 진영이가 노래를 훨씬 더 잘할 거라고 생각했는데, 갑자기 태민이의 노래 실력이 빠르게 치고 올라오네! 어떻게 된 거니 진영아? 넌 연습생 기간이 3년이 넘었고 태민이는 아직 1년도 안됐는데?"

진영이는 당황한 듯한 표정을 지으며 얼굴이 무거워졌다. 실장님의 설교는 계속되었다.

"잘 해야지! 실력은 뛰어난 것 같은데…, 너의 가장 큰 문제가 뭐라고 생각하니?"

"저만의 느낌이 많이 부족한 것 같습니다." 긴장한 진영이가 기어들어가는 목소리로 대답했다.

"아니야, 내가 보기에는 너만의 느낌은 충분해. 느낌은 아주 좋아. 문제는…, 음감이 많이 떨어져. 그게 큰 문제지. 그런데 내가 왜 너에게 너의 문제점이 무엇인지 물어본 줄 아니? 중요한 건 자신에 대한 문제점을 스스로 찾지 못하면 너희들 실력이 늘지를 않는다는 점이야. 계속 그 자리에 머무르는 거지. 진영아! 실력이 늘지를 않잖아, 계속 그 자리야. 넌 1 년 전에도 이만큼은 했어."

그리고 실장님은 책상 위에 놓인 노트의 한 페이지를 넘기고, 손가락 끝으로 책상을 몇 번 쳤다.

"그리고 노을!"

1 년 정도의 연습생 경험을 가진 노을이는 분위기에 앞도 당해 자신의 이름을 부르는 실장님의 소리에 책상 밑에서 다리를 덜덜 떨었다.

"내가 생각하기에 너의 문제점은 우선 너는 기본이 부족해. 넌 처음 여기 올 때부터 너의 느낌에 너무 젖어 있었어. 겉멋 부리는 것도 좋지만 일단 예전에 이야기한 것처럼 기본을 튼튼히 해야 되. 알아 들었니? 넌 기본이 부족하다고! 너 계속 그렇게 연습하면 진영이처럼 된다."

실장님은 약간 흥분한 듯 보였고, 마지막에 가서는 목소리가 조금 커지게 되었다. 고개를 숙이고 듣던 진영은 자신의 이름이 안 좋게 다시 불리자 얼굴이 경직되고 입술은 파르르 떨렸다. 진영이는 정신을 차리려고 아랫입술을 꽉 물었다. 부끄러움과 창피함이 그의 얼굴에 그대로 드러났다.

"태양! 넌 감정표현이 부족해, 좀 여유를 가지고 해. 가끔은 색다른 방법으로 보여줄 줄도 알아야 되지 않겠니. 그리고 새론! 연습생 2년이 넘어가지? 너는 너의 문제점에 대해서 알고 있니?"

"동작에 조금 오버하는 면이 있다고, 그래서 자연스럽지 못한 점이 있다고 지적 받았었습니다."

"그게 너의 항상 지적되는 점이었지. 춤, 노래는 괜찮은데, 그걸 하는 동안 자연스러움이 부족했지. 노력해서 고쳐. 안 그러면 넌 다시 탈락이야!"

새론이는 '탈락'이라는 말에 한동안 넋을 놓은 듯 눈의 초점을 잃고 말았다.

"CM 엔터는 너희들의 발전 가능성을 보고, 너희 5명을 뽑았어. 혹시 너희가 정식 데뷔를 해도 TV 방송에

나온다는 거 외에는 달라지는 게 없을 거야. 꾸준히 보컬 연습을 해야 되고, 꾸준히 자기 개발시간에 최대한 많은 것을 투자해야 할 거야. CM은 항상 계속 발전하는 그룹, 발전하는 개개인의 멤버들의 모습을 원해. 너희들! 지금부터가 진짜 시작이라는 점. 잊지 마!"

"이제 다음 안무를 해보자."

멤버들은 안무 선생님의 지도하에 벌써 2시간째 쉬지 않고 연습을 하고 있었다. 하지만 이전과는 다른 분위기였다. 아무리 힘들어도 서로 이겨내자는 분위기였고, 아무리 지쳐도 서로 격려하는 모습으로 한층 성숙된 블랙틴이 되어가고 있었다.

"애들아! 다 좋은데 표정만 더 밝게 해보자!"

"선생님, 그런데 앞에 관객이 없어서 그런 것 같습니다. 관객이 있으면 그 땐 더 잘 할 거라 생각합니다."

2년차 새론이가 얼굴에 흐르는 땀을 닦으면서 말했다.

"아니지! 그럼 안되지! 내가 너희들에게 가장 많이 하는 말이 뭐지?"

"상상해라!"

태민이 답변했다.

"그렇지, 상상, 상상을 해 보라고! 앞에 관객 수천 명이 있다고 상상해 보란 말이야. 상상이 되니 안되니?"

멤버들은 말없이 그저 서로의 얼굴만 멀뚱하게 쳐다보자 코칭 선생님이 멤버들 뒤로 걸으면서 말을 이어갔다.

"자! 눈을 살짝 감고 상상해봐! 이곳에 너희를 응원하는 수 천명의 팬들로 가득 차 있어. 너희들은 팬들에게 너희가 이곳에 있다는 걸 보여줘야 되."

멤버들은 모두 눈을 감고 제 각각 상상을 해 보려고 노력했다.

"등을 똑바로 펴고, 고개를 들고 팬들을 봐. 저 밖에 수 천명의 사람이 있다고 해도 너희들은 팬들과 한 명, 한 명 소통을 해야 해. 다시 말해서 너희들과 팬들이 서로 연결이 되어 있다고 생각하게 만들어야 하는 거지. 즉 너희들은 표정과 몸짓으로 팬들을 지휘해야 되는 거지."

"네, 상상이 됩니다!" 태민이가 대답했다. 그는 평소에도 '상상 보이'라는 별명을 얻을 정도로 머리 속에 온갖 상상을 다 하는 아이였다. 그리고 이 별명은 태민을 자극하는 촉매제가 되었다. 태민이는 혼자만의 상상속에 금세 빠져들었고, 현실속에서 자신의 모습과 일치시키는 엄청난 상상의 힘을 발휘하기 시작했다.

"봐 봐, 이 앞에 수 천명의 블랙틴 팬들이 우리를 향해 함성을 외치고 있어. 저쪽에는 플래카드를 들고 있는 소녀들, 이쪽에는 형광막대를 들고 있는 소녀들, 노래가 끝날 때마다 '앵콜, 앵콜, 사랑해요 블랙틴' 이라고 외치는 우리 팬들이 있다고. 막 심장이 두근두근 하는 것처럼 느껴지지 않니? 너무 행복해서 심장이 터질 것 같지 않아?"

태민은 흥분된 목소리와 몸짓, 손짓으로 상상 속 모습을 춤추며 설명했다. 다른 멤버들은 시큰둥한 표정으로 그의 말에 공감하지 못하겠다는 표정을 지었지만, 선생님은 태민이와 같은 상상을 하는 것처럼 흐뭇한 표정을 지어 보였다.

5. 라이브 생방송 데뷔

태민의 삶은 K-POP 아이돌 가수로서 다시 시작될 것이다. 몹시 길고도 힘들었던 연습의 결실이 드디어 저녁 7시 TV 방송의 무대에서 보일 것이기 때문이다. 비록 하루 하루가 너무나 힘들고 고단했지만, 너무나 간절히 원하고 꿈꿔왔던 무대가 조금 뒤면 시작된다. 그들은 모두 서서 마지막까지 각자 노래와 동작들을 맞춰보고 있었다. 그리고 마침내 노크 소리가 크게 들렸다.

"블랙틴 다음 순서입니다. 무대로 이동해 주세요" 손에 몇 장의 종이를 들고 있는 남성이 우리를 향해 알려왔다. 같이 대기 중이던 한실장님은 멤버들을 한곳으로 불러 모았다.

"우리 진짜 열심히 했으니까, 젓 먹던 힘까지 다 쏟아 붓고 왜 우리가 블랙틴인지 보여주자! 긴장하지 말고. 자~ 하나 둘 셋 블랙틴 파이팅!"

그들은 동시에 큰 소리로 외쳤다. 그리고 공연 무대 아래쪽으로 급하게 걸어 나갔다. 밖에는 많은 소녀 팬들이 왔는지, 중고등학생으로 보이는 여성 팬들의 함성소리와 응원 소리가 섞여서 들려왔다. 그리고 사회자의 소개가 들려왔다. 우린 빠르게 무대 위로 올라갔고 사선으로 각자의 자리를 잡았다. 그리고 타이틀 곡인 'BabyBeast'의 노래가 흘러나왔고, 무대 중앙의 태민의 춤을 시작으로 블랙틴의 공연이 본격적으로 시작되었다.

긴 팔을 쭉 뻗는 어깨와 팔의 빠르고 시원시원한 동작은 실제 독수리의 모습과 다르지 않았고, 태양이 바닥을 뛰어오르고 구르고 회전할 때는 다른 4 명의 멤버가 한치의 오차도 없는 우아한 몸짓으로 다른 그룹과는

색다른 안무를 선보였다. 그들은 심지어 바닥에서 점프한 발의 높이와 각도 마저도 정확히 일치시켰다. 방송국 생방송에서의 블랙틴의 첫 데뷔 무대는 그들의 외모와 함께 칼같이 일치된 군무가 인기를 끌면서 단번에 스타의 대열로 진입하는 성과를 이루게 하였다.

무사히 첫 번째 생방송 무대를 마친 멤버들은 평소처럼 CM 엔터 5 층 연습실로 향했다. 그런데 엘리베이터에서 내렸을 때 무엇인가 달라진 모습들이 눈에 들어왔다. 벽에는 커다란 블랙틴 멤버들의 사진들이 붙어 있었고, 데뷔를 축하한다는 현수막이 곳곳에 걸려져 있었다. 그리고, 연습실 문에는 안무 선생님과 직원 분들이 붙인 많은 응원의 메시지가 있었다. 그들이 연습실 문을 열고 들어가자, 그 방안에는 대표님을 비롯해, 실장님과 블랙틴이 지금까지 있을 수 있도록 도와주었던 많은 감사한 분들이 그들을 반기고 있었다. 그리고 매우 중요한때만 나타나시는 대표님께서는 멤버들을 향해 웃어 주시며 한 명씩 뜨겁게 포옹해 주셨다.

"블랙틴 그 동안 정말 고생 많았다. 그리고 블랙틴의 성공적인 데뷔를 위해 힘써 주신 주위의 모든 분들께도 대표로서 감사의 말을 전합니다. 특히 한실장님이 고생이 많았습니다. 3 년 동안 포기하지 않고 끝까지 버텨준 리더, 태양! 고맙다. 태양이를 도와 중간에서 고생했을 진영! 고맙다. 항상 밝은 새론! 고맙다. 열심히 하는 새론! 고맙다. 그리고 안무가를 해도 될 정도로 실력이 좋다는 태민! 고맙다. CM 엔터는 블랙틴 너희 모두를 성장시키고 성공시키기 위해 최선을 다할 거다. 너희들도 여기 계신 모든 분들을 믿고, 서로 의지하고, 협력해서 같이 성장할 수 있는 좋은 팀이 되길 바란다. CM 엔터는 블랙틴의 출발부터 마지막까지 너희들과 함께 할 거다."

어느덧 1 년이라는 시간이 훌쩍 지나갔다.

매우 빠르게 성장한 블랙틴은 한국뿐 아니라 '글로벌 아티스트'로서도 입지를 확고히 해 나가고 있었다. 블랙틴의 유튜브 조회 수 및 라이브 방송, SNS 팔로워 수는 기하급수적으로 늘어났다. 그렇게 블랙틴은 CM 엔터의 대표 아이돌 그룹이 되었고, 어느새 태민이는 블랙틴 뿐만 아니라 CM 엔터의 안무를 책임지는 댄스 선생님 역할까지 담당하고 있었다. 블랙틴의 시계는 쉴 틈 없이 돌아갔다. 인기가 올라갈수록, 소녀 팬들이 많아질수록, 해외 팬이 많아질수록 블랙틴의 공연은 계속 이어졌다.

6. 불의의 사고로 하반신 마비가 되다

이틀 전부터 계속된 비와 강풍에 공연이 취소될 것
같았는데, 공연 당일 날씨가 맑은 하늘로 변하자 취소
예정이었던 공연은 처음에 계획한대로 진행하기로
결정이 되었다. 공연 무대 설치 또한 평소라면 2 일 정도
걸리는 작업을 하루 만에 마쳐야 했기에 모든 일이
서둘러서 진행이 되었다. 부랴 부랴 모든 준비가 끝난
공연장에도 어둠이 서서히 내려앉기 시작했고 팬들은
야외공연장 안을 꽉 채웠다. 바닷가 바람이 가끔 세차게
불어왔지만 공연장의 열기만큼 세지는 않은 듯했다.
평소와 다름없이 공연은 시작되었고 팬들의 함성은
바닷가의 파도 소리와 섞여 신비로움을 자아냈다. 어느덧
마지막 노래를 시작할 때쯤 바닷가 강풍이 조명을
세차게 한번 때렸고 그로 인해 천장에 매달린 조명은
바람을 따라 삐그덕 소리를 내면서 앞 뒤로 흔들리기
시작했다. 팬들 중에 몇 명이 조명, 조명이라고
소리쳤지만 그 소리는 팬들의 응원소리에 묻혀 들리지
않았다. 그리고 한번 더 순간풍속이 시속 40 킬로미터나
되는 돌풍이 무대 위를 강타했다. 그러자 그 흔들리던
조명이 한번 더 삐그덕 소리와 함께 흔들렸다.

 무대에 있던 모든 사람들이 고개를 들어 위를 보았지만
그 때는 이미 조명이 고정장치에서 분리되어 태민의
머리 위로 떨어지고 있었다. 태민이도 무엇인가 심상치
않은 기분을 느끼고 빠르게 위를 쳐다보았지만 그 때는
이미 커다란 빨간색 조명 하나가 고정장치에서 분리되어
태민이의 머리위로 떨어지고 있었다. 몇 명의 팬들도
그런 장면에 너무 놀라 악~ 하고 소리를 질렀다. 그는
반사적으로 옆으로 몸을 던져 조명을 피하고자 했다.
그런데 조명이 바닥에 떨어지는 소리가 먼저 들리고
나서 그의 몸도 바닥에 세계 떨어졌다. 그리고 그는 다시 일어나지 못했다. 관객들이 보는 앞에서 무대 아래 2 미터 바닥으로 추락한 것이었다. 땅 바닥과 충동하는 그 순간 태민은 가슴 밑으로 신체의 모든 부분이 사라진 것과 같은 느낌이 들었다. 사지가 저림과 동시에 그냥 아래 부분이 절단된 것 같은 느낌이 들었다. 그리고 일어나야 되는데 라는 생각도 잠시, 그는 바로 정신을 잃고 말았다.

몇 일이 지났다. 태민이는 서서히 정신이 돌아오는 것 같았다. 눈을 감은 채 손가락을 하나씩 움직여봤다. 그리고 눈을 천천히 떠 봤다. 하얀 빛의 전등이 눈을 너무 강하게 비춰서 미간이 저절로 찡그려졌다.

"엄마."

침대 옆에서 고개를 숙인 채 양 손을 모아 기도를 하던 엄마는 아들이 부르는 소리에 깜짝 놀랐다.

"아들, 정신이 드니? 엄마 알아보겠어?"

"응. 여기가 어디야?"

"병원이야."

"엄마, 어떻게 된 거야?"

"그게⋯⋯. 혹시, 바닷가 근처에서 공연했던 건 기억나니?"

"응, 기억나. 공연 중이었고 바람이 좀 세게 불었지. 맞다! 천장에 조명이 떨어진 것 같은데."

"그 떨어지는 조명을 피하려 다가⋯⋯."

엄마의 말이 끝나자마자, 태민이는 갑작스레 등에서 뭔가 손발이 저리고 불타는 듯한 느낌을 받았다.

"엄마, 손발이 너무 저리고 허리 아래가 이상해."

엄마는 두려움에 떨며 아들의 몸을 여기 저기 쓰다듬었다.

"잠시만, 엄마가 의사 선생님 모시고 올 게! 잠깐 기다리고 있어"

엄마는 급하게 문을 열고 뛰어나갔다. 그리고 그런 그녀를 보기 위해 머리를 돌리려는 순간 에야 비로서 태민이는 목에 보조기를 착용되어져 있다는 사실을 알아챌 수 있었다. 그는 눈동자를 움직여서 천천히 주변을 둘러보았다. 난간이 올라가 있는 침대와 팔에 꽂혀 있는 주사 바늘, 그리고 입고 있는 옷이 내가 병원에 있음을 말해 주고 있었다. 등에서 이상한 감각이 밀려왔다. 생전 처음 느껴보는 감각에 태민이는 안절부절할 수밖에 없었다. 그는 몸을 옆으로 돌려 보려고 시도해봤다. 그런데 이상했다. 옆으로 눕는 방법이 기억나지 않았다. 그리고 더욱 그를 공포스럽게 한 것은 마치 두 다리가 절단된 것처럼 몸에서 다리의 존재가 느껴지지가 않는다는 사실이었다.

'옆으로 눕는 방법이 있을 꺼야. 몸을 옆으로 돌리고, 다리를 돌리고" 그는 혼잣말을 하면서 시도해봤다. 하지만 그의 몸은 그의 생각과는 다르게 아무런 움직임도 보이지 않았다. 그는 왼쪽 팔을 천천히 들어보았다. 그리고 오른쪽 팔도 들어보았다. 두 팔 모두 움직였다. 그는 안도의 한숨을 쉬었다. 이제 다리를 들어보려고 했다. 아니 그보다는 조금이라도 움직여 보려고 애를 썼다. 그런데 그는 허리 아래로 어떤 감각도 느낄 수가 없었다. 설마 두 다리가 없을까 라는 의심의 생각에서 정말도 그렇다는 확신으로 생각이 바뀌어 가자, 태민은 갑자기 극도의 공포를 느끼기 시작했다. 등에서는 식은땀이 솟구쳤고, 호흡은 불규칙 해졌으며, 귀에서는 환청이 들리기까지 했다.

"살려줘요, 누구 없어요, 살려줘요."

태민은 큰 소리로 도움을 요청하다 다시 정신을 잃고 말았다. 의사 선생님과 간호사 선생님이 엄마와 함께 급하게 병실로 들어왔다. 그리고 의사 선생님은 침착하게 환자 모니터와 태민이의 모습을 진찰하고, 간호사에게 처방 약에 대해 지시사항을 수정하였다. "어머니, 우선 다행히 의식은 깨어났습니다. 좀 더 지켜보아야 할 것 같고요. 혹시 깨어 났을 때 현재 상황에 대해 이해하는데 좀 어려움이 있을 수 있어서 우울증 약을 추가했습니다."

엄마는 아들이 깨어났다는 기쁨도 잠시, 아들이 어떻게 이 상황을 받아들일지 걱정이 되었다. 사실 그녀 자신도 이 상황이 아직도 꿈만 같다는 생각을 할 때가 많았다. 몇 일 전 까지만 해도 무대에서 밝게 빛나던 K-팝 스타가 이렇게 침대에 누워 있고, 다시는 일어설 수 없다는 말을 아직은 믿을 수가 없었다. 그녀는 무슨 다른 방법이 꼭 있을 거라는 무모한 확신을 하고 있었다.

다음날 오전 태민은 눈을 뜨고 천장만 보고 있었다. 그리고 여러 명의 의사선생님이 태민의 병실을 다시 찾았다.

"태민군, 잘 잤어요?"

"예."

"기분은 좀 어때요?"

태민은 아무 말도 하지 않았다.

"그래도 잘 견뎠어요!"

"선생님, 다리가 없는 느낌이에요."

"음……. 무대에서 떨어지는 사고가 있었고, 수술을 했어요."

"그래서 전 어떻게 되는데요?"

"좀 지켜봅시다. 너무 걱정하지 말고요. 시간이 지나면 더 좋아질 거에요. 그럼 잠시 제가 체크할게요!"

의사선생님은 무표정한 얼굴로 가운 한쪽 끝은 뾰족하고, 다른 쪽 끝은 작은 망치 같은 도구를 꺼냈다. 그리고 그것으로 태민이의 양쪽 무릎 부위를 톡톡 두드리고 발바닥을 눌러보는 것 같았다. 하지만 태민이는 아무런 느낌도 오지 않았다.

"제가 만지는 곳이 어딘지 느낌이 오나요?

"아니요."

"이곳은 요?"

"모르겠는데."

의사 선생님의 표정은 태민의 몸 상태가 조금은 심각하다는 것을 말 해 주는 듯했다.

"떨어질 때 등쪽 흉추 부위 수술을 했고요. 경과는 좀 더 지켜 봐야겠지만, 허리 아래로는 감각이 지금은 잘 안 느껴 질 수도 있어요. 3~4 일 좀 더 경과를 지켜봅시다."

의사 선생님은 엄마와 따로 할 말이 있다는 듯 눈짓을 하고는 병실을 나갔다. 그녀는 바로 따라 나갔다.

"선생님! 우리 아이 상태는 어떤 가요?"

"태민군, 흉추 10 번이 부러져서 척수 손상을 일으켰습니다. 최선을 다해 수술을 했고요."

"네, 그래서요?"

"척수는 완전 손상이 된 것으로 보입니다."

"완전 손상이라는 말이 무슨 뜻인가요?"

"안타깝게도, 아드님은 앞으로 휠체어를 이용해야만 할 것 같습니다. 걷는 것은 불가능 합니다."

"휠체어요? 우리 애가 어떤 아이인데 ……."

사고 후 계속해서 태민의 상태에 대해 설명을 들었지만, 엄마는 설명을 들을 때마다 좌절했다. 믿을 수 가 없었다. 혹시나 하는 희망이 있기를 바랐지만, 계속되는 절망감만이 있을 뿐이었다.

"마비는 회복되는 것이 아닌 거라 평생 지속될 것입니다."

"그만, 그만해 주세요."

엄마는 자리에 주저앉고 말았다.

7. 부정-분노-우울-수용

"싫다고, 싫다고! 오지말라고 해! 나 오면 죽어버릴 꺼야."

태민이는 침대 난간을 마구 흔들어 대면서 소리쳤다.

"태민아, 친구들이 보고 싶다고 하는데, 잠깐만 보는 건 어때?"

"왜! 왜! 왜! 일어나지도 못하는, 장애인이 된 나를 왜 보고 싶어하는데? 싫다고 해, 안 된다고 하라고."

그는 끓어오르는 분노를 참을 수가 없었다. 소리를 지르지 않고는, 화를 누군가에게 표출하지 않고 서는 견딜 수 가 없었다. 왜 자신에게 이런 일이 일어났는지, 자신이 무슨 그렇게 큰 잘못을 다른 사람에게 했길래 이런 불행이 찾아왔는지 이해할 수가 없었다. 착하게 살아왔는데, 바르게 살아왔는데, 하나님의 말씀을 잘 따르며 살아왔는데 왜 자신에게 이런 큰 시련을 주셨는지 수천번을 생각해봐도 답은 없었다. 부모님에게 물어봐도 그냥 운이 나빠서 그런 거라고 한다. 끝이 보이지 않는, 그 어떤 빛조차도 허락하지 않는 어둠의 터널 속에 혼자 덩그러니 남겨진 것 같은 때가 많았다. 태민이는 그럴 때마다 소리를 질렀고, 그리고 나면

어김없이 슬픔이 찾아와 우울에 빠졌다. 다시는 헤엄쳐 나올 수 없는 깊은 바다 속에 자리잡고 있는 슬픔에 두 발목이 잡혀 꼼짝 달싹 할 수 없는 상태가 되어 버렸다. 그리고 그 상태에서 그냥 무기력하게 잠에 빠져 버렸다. 그러면 그 꿈 속 에서만은 사고 전의 건강한 태민으로 돌아가 블랙팀 멤버로서 수많은 팬들이 있는 무대 위에서 행복하게 노래를 부르고 춤을 추었다. 하지만 그 시간은 너무나도 짧았다. 그는 잠에서 깨어나, 다시 지옥 같은 현실 속에 있는 자기 자신을 발견하게 되었고, 다시 분노하고 슬퍼하는 반복된 생활을 하고 있었다. 이런 생활이 한달 동안 지속되었다. 태민은 스스로 생을 마감하고 싶었다 하지만 그에게 그렇게 할 수 있는 능력도 남아있질 않았다. 휠체어조차 탈 수 없는 그에게는 그런 선택권조차 주어지지 않았다.

  반복된 일상의 아침 시간, 눈을 뜨기 싫었지만, 가까스로 눈을 떠 보니 햇살이 창문에 들어와 병실을 따뜻하게 비치고 있었다. 햇살은 창문에 부딪쳐

반짝이기도 하고, 건물 밖으로 보이는 아침 이슬에 젖은
작은 넝쿨들은 빛이 나기도 했다.

그의 눈은 점점 호기심으로 빛났다. 창문 밖에서
건물을 타고 자라난 작은 넝쿨이 어떻게 이곳까지 오게
됐는지 궁금했다. 처음으로 스스로 몸을 일으켜 앉고
싶었다. 하지만 주위엔 아무도 없었다. 그는 깊게 호흡을
하고, 양 팔을 들어 스트레칭을 몇 번 해 보았다. 왼쪽
팔로 오른쪽 침대 난간을 붙잡기 위해 몸통을 움직이는
것을 해보았다. 여러 번의 시도 끝에, 몸을 오른쪽

옆으로 누울 수 있었다. 이번에는 오른쪽 팔을 침대 바닥에 지지하고, 팔을 90 도로 구부려서 상체를 들어올렸다. 그 순간 몸이 앞으로 넘어지려고 했다. 태민이는 빠르게 왼쪽 손바닥으로 침대 바닥을 잡고, 몸의 균형을 잡았다. 두 손이 바닥을 짚고 있으니까, 넘어질 것 같지는 않았다. 천천히 팔을 밀어서 상체를 일으켜 세워 보았다. 바른 자세로 앉았을 때 잠시 어지러운 증상이 느껴졌지만, 시간이 지나면서 그 증상은 점점 사라졌다. 발가락을 보았다. 움직여보려고 허리 아래에 힘을 줘 봤지만, 어떤 움직임도 보이지 않았다. 그는 몸을 뒤쪽으로 살짝 옮기기 위해 침대 바닥을 잡은 상태에서 왼손을 살짝 들었다. 그러자 그대로 균형을 잃고 침대로 넘어지고 말았다. 갑자기 해내고 말겠다는 끈기가 생겨났다. 성공하고 싶어 졌다. 블랙틴의 멤버가 되기 위해 수백 수천 번 춤을 연습했던 것처럼, 이것 또한 할 수 있을 것 같았다. 수 십 번을 침대 뒤로 넘어졌다. 그리고 드디어 침대에 앉게 되었다. 두 손으로 침대 바닥을 지지 했지만, 분명히 내 스스로 혼자 침대에 앉은 것이다. 온몸이 땀에 흠뻑 젖었다.

"앉았다. 앉았다, 난 할 수 있다. 난 할 수 있다."

태민은 슬픔과 기쁨이 교차돼서 자신도 모르게 울음이 터져 나왔다. 죽는 것 조차도 스스로 할 수 없는 자신이었는데, 노력하니까 할 수 있는 것이 한 개 생겼다.

"아들!" 병실 문을 열고 들어오던 엄마는 앉아있는 아들의 모습에 너무 놀라 했다.

"아들, 내 아들. 고맙다, 정말 고맙다."

엄마는 태민의 등을 토닥거리면서 한없이 눈물을 흘렸다.

"엄마, 나 멤버들 보고 싶어."

"그래, 잘 생각했다. 멤버들도 몇 번을 병원에 왔다가 들어오지도 못하고 그냥 갔어. 엄마가 연락해볼 게."

태민은 휠체어를 타고 창문 밖에서 벽을 타고 자라고 있는 작은 식물을 자세히 바라보았다. 어디서부터 넝쿨이 자라고 있는지는 보이지 않았지만, 병실 창문 아래쪽에서 창문 틀 쪽으로 기울어지듯 뻗으며 자라고 있었다.

그리고 중간에 아주 작은 꽃 몽우리가 수줍게 입을 다물고 있었다. 연습생 시절이 생각났다. 태민이는 움츠리고 있는 꽃 몽우리가 연습생 시절의 자신의 모습과 같다는 생각을 했다. 수많은 노력과 고통의 시간 뒤에 자신이 블랙틴이 된 것처럼, 언젠가는 이 작은 넝쿨도 붉고 노란 꽃이 되어 병원 전체를 휘감을 정도로 성장할 것만 같았다.

태민은 머리 속에 상상의 무대를 펼쳤다. 자신이 무대 위를 뛰어다닌 것처럼 이 작은 넝쿨도 건물 전체를 휘감아 회전목마처럼 도는 화려한 꽃 마차가 되었다.

그리고 그 꽃마차를 타고 있는 4 명의 다른 멤버들 모습이 보였다. 그들은 그 안에서 각자 춤을 추며 즐기고 있었다. 그리고 그 마차를 끄는 하얀색 백마 위에서 웃고 있는 태민, 자신의 모습도 보였다.

어느 저녁 시간, 그의 옆에서 엄마가 노트북을 켰다.

"태민아, SNS 한번 보지 않을래? 팬들이 너에게 보낸 메시지가 엄청 많아."

"엄마가 대신 읽어줘요."

"전 서울에 사는 고등학생입니다. 춤을 좋아해서 항상 블랙틴의 안무를 따라 했었습니다. 그런데, 6 개월전 자동차 사고로 휠체어를 사용해야만 하는 신세가 되었어요. 그래서 이제는 블랙틴의 춤을 출 수 없습니다. 하지만 저는 블랙틴의 영원한 팬입니다. 오빠 힘내요. 예진이가 응원해요."

"엄마, 답장 쓰게 노트북 좀 줘봐."

그는 긴 시간동안 고민하며 답장을 썼다. 그리고 오랜 시간 동안 팬들이 보내온 글을 읽었고, 하나 하나 모두에게 답장의 글을 써 주었다.

8. 재활치료 시작

태민이 휠체어를 타고 재활치료실까지 오는 데는 꽤 많은 시간이 걸렸다. 현실 속 자신의 모습을 인정해야 했고, 다시 시작하기 위한 희망을 품어야 했는데……. 결코 쉽지 않은, 아니 매우 고통스러운 시간들이었다.

"안녕하세요. 환자분 성함이 어떻게 되시죠?

"정태민"

"생년월일은 어떻게 되나요?"

환한 웃는 얼굴로 태민이를 맞이한 선생님은 컴퓨터 화면에서 그의 정보를 살펴보았다. 그리고 선생님은 태민이의 휠체어를 끝 쪽에 위치한 큰 파란색 매트로 이동시키며 말을 걸어왔다.

"저는 물리치료사 김지석입니다. 오늘부터 태민님의 재활을 맡아 치료할 겁니다. 자 그럼 먼저 휠체어 이야기를 해 보도록 하죠. 우선, 휠체어와 친해져야 합니다. 그렇게 해야 움직일 수 있는 자유를 얻을 수 있습니다. 둘째 상체의 힘과 몸의 균형감각을 키워야 합니다. 자! 이제 우리가 빨리 좋아지려면 정말 중요한 게 있습니다."

치료사 선생님은 여기까지 말하고, 마치 태민이에게 정답을 듣고 싶은 듯 그의 눈을 바라보았다.

그리고 짧고 강한 어조로 두 단어를 말해주었다.

"집중과 목표"

선생님은 계속해서 말을 이어갔다.

"자 그럼, 태민님이 하고 싶은 것이 있나요?"

"네. 다시 블랙틴 멤버로 활동하고 싶어요."

"좋아요. 대답이 빠르네요. 힘든 목표이긴 하지만 전 그런 도전 정신 너무 좋아합니다."

물리치료사는 그를 휠체어 경사대 앞쪽으로 데려갔다.

오르막에서는 양쪽에 보호 난간이 있어 위험해 보이지 않았지만, 경사로 끝부분은 높이가 있었고, 보호 난간이 없어서 휠체어를 잘못 다루면 떨어질 위험이 있어 보였다.

"자, 그럼 여기서 저쪽 끝 부분까지 휠체어를 밀고 올라가 보세요."

태민이는 할 수 있는 한 열심히 휠체어를 밀었다. 하지만 처음 해 보는 거라서 그런지 생각보다 오르막 중간에서 더 이상 올라갈 수 없었고, 휠체어가 약간 뒤로 밀렸다.

"제가 잡았습니다. 이젠 괜찮아요."

"거의 다 했는데..."

"이제부터 연습하면 돼요. 꼭 기억해야 할 것은 기술이예요. 가장자리를 잡고 몸을 뒤로 최대한 민 후, 어깨는 너무 뒤로 젖히지 말고 해보세요."

"네. 알겠습니다."

"그럼, 내가 하는 걸 먼저 보세요."

물리치료사는 직접 본인이 휠체어를 타고 경사대를 올라가고 회전한 후 내려오는 모습을 시범으로 보여주었다.

"이렇게 하면 됩니다. 팔만 쓰면 안되고 몸의 균형능력을 키워야 한다는 점을 명심해야 하는 거죠. 이전엔 다리를 사용해서 균형을 잡고 살아왔다면, 지금부터는 새로운 걸 배워야 합니다. 전에는 노력하지 않아도 되는 것들이 지금은 모두 어려워졌다는 사실을 알아야 합니다. 그래도 우린 다 할 수 있어요. 스스로를 믿어 보고 같이 해봅시다. 확신하는데 다 잘될 겁니다."

다음날 오전, 병원이 갑자기 무슨 사건이 발생한 듯 소란스러웠다. 블랙틴 멤버들이 태민이를 만나러 병원에

왔던 것이다. 검은 수트를 입은 경호원들이 병실 앞에 서 있었고 바로 태양이가 들어왔다. 그리고 뒤로 새론, 진영, 노을이 들어왔다. 태민이는 순간 휠체어에 앉아 있는 본인의 모습에서 비참함을 느꼈다. 아무리 감추려고 해도 감춰지지 않는 그런 절망감이었다. 태양이 형은 아무 말도 하지 않은 채 무릎을 구부리고 태민이를 안았다. 그리고 뒤이어 새론, 진영이도 같은 자세로 그를 안아주었다. 노을은 태민이의 한 발자국 앞에서 고개를 푹 숙인 채 눈물을 흘리며 한참을 서 있었다. 모두 다 울음 소리를 내지 않으려고 무척이나 노력하는 듯했다. 모두가 눈물이 솟구쳐 나오려는 걸 억지로 참아 내고 있었다. 그 침묵을 깨고 태민이 힘없는 목소리로 작게 말했다.

"보고 싶었어"

그의 이 한마디에 병실은 울음바다가 되고 말았다. 모두 태민이의 맘과 같았다.

"나도 보고 싶었어."

"태민아, 정말 보고 싶었어."

"나도 보고 싶었어. 정말."

"보고 싶었어 태민아, 보고 싶었어."

앞에 서 있던 노을이는 뒤로 와서 태민이를 힘껏 껴안고 엉엉 울기 시작했다. 병실은 블랙틴의 울음 소리로 가득 찼다. 모두가 눈물이 콧물이 되고, 콧물이 얼굴을 타고 흘러 잘생긴 얼굴이 망가지는 줄도 모르고, 그렇게 한참을 울고 또 울었다. 잠시 후, 멤버들은 휠체어를 타고 있는 태민이 앞에 나란히 앉았다. 하지만 어느 누구도 먼저 말을 꺼내지 못했다. 이번에도 태민이가 먼저 말을 했다.

"누가 인기가 제일 많아?"

"나."

진영이 손을 들며 말했다.

"정말? 이전엔 태양이 형이었는데, 그 사이 인기 순위가 바뀌었어?"

"SNS에 사진을 엄청 올리더니, 그게 효과가 있었나 봐?"

"태민이는 병원복도 잘 어울리네."

태양이 형이 조심스럽게 말했다.

"그래, 잘 어울린다."

모두들 서로 얼굴을 보며 대답했다.

"모두들, 고마워, 그 동안 나 때문에 병실에 오지 못했다고 들었어. 미안해. 나 지금 재활치료 받고 있어. 열심히 받아서 다시 돌아갈 꺼야!"

"그래! 넌 할 수 있을 꺼야. 팬들도 널 보고 싶어하고 실장님도 많이 걱정하고 있어."

"실장님이?"

"실장님!"

태양이 형이 병실 문을 향해 소리쳤다. 문밖에서 기다리고 있던 한실장님은 밝은 목소리로 태민이의 별명을 불렀다.

"안녕, 상상보이."

"안녕하세요?"

태민이는 고개를 숙여 인사했다.

한실장님은 아무 말없이 그에게 다가와 무릎을 구부리며 안아주었다.

"다 낫네. 상상보이. 조급해하지 말고 건강 잘 챙겨. 기다리고 있을 게. 우리 오랜만에 이렇게 블랙틴 멤버들 다 모였는데 구호 한번 외쳐볼까? 우리는!"

"블랙틴." 태민을 비롯한 모든 사람은 같은 구호를 외쳤다.

모두들 돌아가고 난 뒤, 태민이는 휠체어를 타고 창문 밖 위태롭게 붙어있는 작은 넝쿨을 바라보았다. 그리고 오랜 시간 스스로에 대해 깊은 생각을 해 보았다. 그리고 한 가지 깨달음을 얻었다.

'내 스스로가 먼저 변해야 한다. 반드시 블랙틴으로 돌아가겠다.'

태민이는 하루도 빠짐없이 재활치료에 집중했다. 그는 휠체어를 탄 채 평행봉 앞에서 물리치료사의 설명을 듣고 있었다.

"자, 앞으로 가서 휠체어를 고정시킨 후 받침대에서 손을 이용해 발을 들어보세요."

태민이는 치료사 선생님의 지시에 따라 하나씩 행동으로 옮겼다.

"이제 일어나 볼 거예요. 팔로 바를 잡고, 상체 힘을 이용해서 몸을 위로 당기는 거예요."

"네."

"하나, 둘, 셋에 같이 해요. 준비됐죠?"

"네."

"하나, 둘 셋."

태민이는 몸을 힘껏 위로 밀었고, 동시에 앞으로 당기면서 치료사 선생님의 무릎으로 태민이의 무릎이 무너지지 않도록, 살짝 고정시키면서 앞으로 당겼다.

"섰네요."

"네, 선생님! 섰어요!"

"기분이 어때요?"

"그런데, 제가 서있는 건지 아닌지, 아직 잘 모르겠어요."

"괜찮아요. 우린 매일 연습을 할 것이고, 매일 조금씩 좋아질 거예요."

어느덧 재활치료를 받은 지 2달이 지났다. 병원에서 배울 수 있는 모든 기술은 다 배웠다. 이젠, 침대에서 일어나 휠체어까지 이동도 혼자서 자유롭게 할 수 있게 되었다. 이제 휠체어는 태민이에게 있어서 떼어 내려고 해도 떼어낼 수 없는 절친이 되었다. 그는 물리치료사 선생님의 도움으로 회전은 물론 휠체어 앞 바퀴를 드는 기술인 휠라이와 휠리턴 등 고난위도의 기술까지 모두 섭렵하게 되었다. 심지어는 블랙틴의 경험을 살려 음악에 맞춰서 휠체어 댄스까지 할 수 있는 수준이 되었다.

병실 창문 밖에서 자라던 넝쿨들은 햇볕이 있는 곳을 따라서, 꽃 봉우리들이 활짝 펼치고 있었다. 거센 바람과

비에도 아랑곳하지 않고, 스스로 살아갈 방향을 찾아가는 넝쿨들이 태민에게는 대단해 보였고, 희망의 메시지 역할을 해 주었다. 이제 병원에서의 삶은 크게 어려울 것이 없었다. 이곳에 있는 대부분의 사람들은 환자와 의료진이었고, 그들은 그를 가엾어 하는 동정의 시선이 아니라, 편견 없이 일반인과 똑 같은 모습으로 대했기에, 그들 속에서 어떠한 불편함도 느낄 수 없었다. 하지만, 가끔씩 블랙틴 멤버들이 방문하거나 병원관계자 외 다른 사람들이 올 때면 자신을 바라보는 시선이나, 말투, 행동에 있어서 무엇인지 꼬집어서 말 할 수 없는 불편함을 느꼈다. 이제는 신체의 어려움 보다는 정신적인, 사회적인 불편함이 더욱 힘들게 마음을 짓누르는 것 같다는 생각이 들었다.

태민은 이름도 모르는 창문 밖의 나뭇잎에게 다가가 마지막 인사를 했다.

"친구야! 고맙다. 너가 나에게 희망을 줬어. 기억할 게."

태민이는 창문에 손을 대고 진심 어린 감사의 말을 전했다. 잠시 후, 병실 문이 열리고 부모님, 의사, 간호사 그리고 재활치료 선생님까지 모두 오셨다. 의사 선생님이 활짝 웃으면서 악수를 청했다.

"축하해요. 병원 생활 중에 이렇게 빠르게 회복해서 좋아진 환자를 본 적이 없어요. 고생 많았고 앞으로 밖에서도 하고 싶은 일 열심히 하는 모습 지켜볼게요!"

항상 그의 상태를 체크해 주시던 간호사 선생님도 주먹을 움켜쥐며 응원해 주었다.

"파이팅! 응원할 게요."

마지막으로 오랜 기간 동안, 진심으로 땀을 같이 흘려준 물리치료사 선생님도 뒤에서 활짝 웃으며 말했다.

"매일 운동 1시간! 꼭! 잊지 마요!"

치료사 선생님은 시작부터 끝까지 태민이의 재활만을 생각하시는 듯했다.

9. 휠체어 장애인으로서의 삶

오랜만에 집으로 돌아왔다. 특별히 바뀐 것은 보이지 않았다. 단지 태민이가 걸어 다니는 대신에 휠체어를 탄다는 사실만이 바뀌었을 뿐이었다. 다시 말해서 태민이만 바뀌었지 바깥 세상은 변한 것이 하나도 없었다. 그래도 자세히 보니 부모님이 아들을 위해서 신경 쓴 배려의 손길들이 몇 개 보였다. 문턱과 화장실 턱이 사라졌고, 화장실이 휠체어가 들어갈 수 있을 만큼 넓어졌다. 그리고 화장실 벽에 고정 바가 설치되어 있었다. 집에서 가장 많이 변한 곳이 화장실이었다.

"집에 오니까 어때?"

"좋아요."

이전에는 매우 친숙했던 집이었는데, 이곳마저 태민에게는 새롭게 느껴졌다. 모두 다 말을 아꼈다. 누군가가 먼저 말을 잘 못 시작하면 서로에게 상처가 될 것 같은 분위기가 된 것 같았다. 부모님마저 태민이의 눈치를 보는 상황이 화가 났다. 그는 조용히 자신의 방으로 들어갔다. 그리고 불을 끄고 침대에 누워 깊은 생각에 빠져 들었다. 눈을 감으니, 블랙틴 시절이 떠올랐다. 무대에서 수많은 팬들이 이름을 불러주고, 환호하고 그 속에서 자신만의 노래와 춤을 추던 모습이 떠올랐다. 그땐 이런 시간이 영원할 것이라 생각했었다. 그때 어디선가 태민이를 부르는 소리가 들리는 것 같았다.

'상상 보이! 안무를 어떻게 하면 될까?'

'너의 상상력이 필요해.'

'너의 도움이 필요해!'

멤버들 모두가 음악에 맞춰서 음표 위를 뛰어다니며 예전처럼 즐거운 시간을 보냈다. 태민이의 눈에선 눈물이 주르륵 흘렀다. 눈을 떠보니 다음날 아침이었다.

"꿈인가?"

잠시 후, 태민은 부모님에게 거실에서 할 말이 있다고 했다. 그는 부모님에게 완전 새로운 자신의 마음 상태를 말하고 싶었다.

"엄마, 아빠! 저 지금 기분이 너무 좋아요."

"정말 다행이다. 우리 아들이 좋다면 엄마도 좋아!"

"웃는 모습을 보니 아빠도 기분이 좋다, 아들!"

"저 예전처럼 대해줘요. 방 청소 안 하면 꾸짖고, 내가 할 수 있는 데도 해달라고 하면, 스스로 알아서 하라고 해줘요!"

"뭐라고?" 엄마, 아빠는 아들의 말을 정확히 이해하지 못했다.

"그러니까, 예전처럼 나를 대해 달라고요. 내가 바뀔 게, 그러니까 내 눈치 보지 말고, 이전과 똑같이 지내요. 하고 싶은 말과 행동 있음 해요, 전 이제 더 이상 환자가 아니에요. 내 일은 내가 알아서 할 수 있어요. "

"그래, 우리 아들! 잘 알았어."

"그리고 나 다음주부터 CM 엔터에 나갈 거야."

"뭐?"

부모님은 좀 전의 부탁도 잊은 채 걱정 가득한 얼굴로 아들의 눈치를 봤다.

"태민아! 아직은 좀 빠르지 않을까?"

"아니! 난 다음주부터 갈 꺼야, 하고 싶은 일이 생겼거든."

"뭐 하려고?" 엄마는 여전히 걱정된 얼굴로 되물었다.

"내가 제일 잘하는 거."

"춤은 안되고……. 노래?"

"아니, 춤을 출 거야, 다른 방식으로, 이렇게 휠체어를 타고 댄스를 할 수는 없지. 엄마, 아빠, 걱정하지 마세요. 전 다 계획이 있습니다."

"알았다, 우리 아들."

엄마는 태민이의 손을 꼭 잡으며 눈물을 글썽거렸다. 태민은 엄마의 손을 슬며시 빼며, 한번 더 확고하고 당차게 말했다.

"엄마! 울지마! 나 이제 환자 아니야. 두 분이 내 말을 정확히 이해 못한 것 같은데. 잘 들어보세요. 모든 일은 내가 알아서 할 거예요. 힘들어도 스스로 헤쳐 나갈 거구요. 만약 넘어져도 오뚝이처럼 스스로 일어날 꺼에요. 내가 도와 달라고 손을 내밀지 않는 한 도와주지 마세요. 날 장애인처럼 대하지 마세요"

"태민아, 엄마는 그런 뜻이 아니라…?"

"알아요. 모든 것이 달라졌다는 걸 안다 구요. 스스로 방법을 찾을 거예요."

태민이는 신체적 장애의 한계뿐 아니라 심리적인 자신의 한계를 뛰어넘고 싶었다. 그래서 자신을 응원해준 많은 팬들 그리고 장애가 있는 분들에게 희망을 주고 싶었다.

태민이는 아침부터 분주했다. 퇴원 후 첫 번째 집 밖으로의 모험이자, CM 엔터테인먼트에 가는 날이기 때문이었다. 두려움은 없었다. 사고 후 자신의 몸에 대해 새롭게 배웠고, 살아가는 방법을 배웠다. 집 구석에 틀어박혀 살고 싶지 않았기에 그는 이 또한 새로운 배움의 과정이라고 생각했다. 우선, 이동을 하는데 있어서 가장 먼저 할 일이 장애인용 택시를 이용하는 것이었다.

그는 보건복지부에 연락해서 장애인 택시 이용을 위한 장애인 등록을 하였고, 인터넷에서 장애인 전용 어플리케이션을 다운로드 받았다. 이런 간단한 절차를 통해 무료로 장애인용 택시를 이용할 수 있다는 사실도 새롭게 배웠다.

드디어 집밖으로의 모험이 시작되었다. 예약된 장애인용 콜택시가 도착했다는 알림이 울렸다. 처음으로 휠체어를 타고 혼자 집 밖을 나섰다. 검은색 마스크와 모자, 선글라스로 무장한 채, 휠체어를 타고 집 앞에서 대기하고 있던 택시로 다가갔다. 택시 기사는 장애인을 많이 접해서 그런지, 특별한 말없이, 탑승 순서에 맞게 나를 안전하게 택시에 태웠다. 얼마의 시간 뒤, CM 엔터 건물 앞에 도착한 택시는 다시 그가 안전하게 내리도록 도와주었다.

택시가 떠나고 난 뒤, 태민이는 휠체어를 탄 체 한참 동안 건물을 올려다보았다. 이전과는 다른 모습으로 느껴졌다. 몇몇 사람들이 휠체어를 타고 가는 그의 모습을 신기한 듯 빤히 쳐다보았지만, 그는 애써 괜찮은 척하며 건물을 향해 힘차게 휠체어를 밀었다. 병원에서는 느낄 수 없었는데, 인도를 포장한 보도 블록이 깨져서 생긴 약간의 틈이 있는 경우 넘어지지 않기 위해서 굉장히 조심해야 했다. 입구 쪽에 와 보니 평상시에는 아무 생각 없이 다니던 계단을 이제는 이용할 수 없음을 알았다. 대신 옆에 좁게 휘어진 경사로가 보였다. 그는 경사로를 따라 올라갔고, 드디어 대형 유리문 앞에 도착했다. 또 다시 난관에 부딪쳤다. 유리문 옆에는 회전문도 있었지만, 휠체어를 타고서는 밀 수 없는 유리문과 휠체어로는 이용이 불가능한 회전문 둘 다 태민에게는 이용 불가능한 것들이었다. 그냥 누군가가 지나가다 문을 열어 주기를 기다리는 수밖에 없었다. 잠시 뒤 건물을 나오던 한 여성이 그를 보고 문을 대신 열어 주었다. 5층으로 향하는 엘리베이터 안에서 스스로에게 다짐하듯 속삭였다.

"나는 블랙틴이다. 내가 먼저 다가가고 인사하자. 나만 변하면 된다."

엘리베이터 문이 열리자 바쁘게 움직이는 사람들이 보였다. 그는 잠시 멈춰서 주변을 살폈다. 그 때 통화를 하면서 걸어가던 한실장님이 그를 보았다.

"태민아! 반가워. 어떻게 혼자 왔어?"

"네."

"아니, 왜 차를 보내준다고 해도 싫다고 한 거야, 시간도 알려주지 않고."

"그냥, 혼자 오고 싶었어요!"

"여러분, 여러분! 잠시 주목! 여기 좀 보세요. 우리 블랙틴 막내 태민이가 왔어요"

그녀의 말에 모든 직원들이 자리에서 일어나 태민이 주위에 모여 들었다.

"퇴원 축하해!"

"퇴원했다는 소식 듣고 너무 기뻤어. 다행이다."

"보고 싶었어."

"매일, 널 위해 기도했어."

모두들 진심 어린 걱정과 축하의 말을 해 주었다.

"고마워요. 정말 고마워요. 모두가 걱정해 준 덕분에 저 다시 돌아왔어요!"

태민이는 직원 분들의 환영인사에 큰 소리로 답변했다.

"우리, 대표님 만나러 가볼까? 내가 휠체어 밀어 줄게."

실장님이 휠체어 핸들을 잡으면서 말했다.

"아니요, 제가 혼자 할 수 있어요."

"그래." 한실장님은 약간 머쓱한 듯 말했다

두사람은 서로에게 속도를 맞추며 대표님 방으로 향했다.

"똑! 똑!"

대표님은 노크소리가 나자 마자 문을 열고 반갑게 맞이해 주었다.

"안녕, 상상보이. 반갑다. 자 들어와."

"안녕하세요. 오랜만입니다."

"그래, 정말 오랜만이다. 한 6개월쯤 지났나?"

"네, 대략 그 정도 된 것 같습니다."

"그 동안 어떻게 지냈어? 몸은 좀 어때?"

"전 이제 다 좋습니다. 대표님은 어떻게 지내셨습니까?"

"나야 똑같지 뭐. 늘 바빴어. 어째, 전보다 더 성숙해 보이는데."

"아마도 몇 년은…"

"혼자 왔어?"

"네."

"어떻게 혼자 왔어?"

"택시 타고 왔죠. 이래 보여도 저 혼자 다 할 수 있어요."

"어..... 다행이다. 그럼 갈 때는 우리 차 타고 가?"

"아뇨, 걱정하지 않으셔도 돼요. 장애인 택시 타고 가면 돼요."

태민이는 세상 모든 사람들이 이런 식의 반응을 보일 거라고 예상했었다.

'장애인은 비장애인에게 걱정거리이다.'

'비장애인은 장애인을 도와줘야만 한다.'

'장애인이 집 밖을 나오는 것은 위험하다.'

대표님이 무슨 말을 해야 할지 망설이는 중에 태민이가 먼저 말을 꺼냈다.

"대표님 저 다시 시작하고 싶습니다. 다시 블랙틴으로 활동하고 싶습니다."

"그래야지, 넌 여전히 블랙틴 멤버야. 우린 아직 아무 결정도 하지 않았어. 어떻게 하면 되는지 고민을 해 보자. 분명 여러 가지 방법을 통해 해결할 수 있을 꺼야."

"그렇게 말씀해 주셔서 감사해요."

"하지만 우선 건강이 먼저니까 천천히 생각해보자."

"알겠습니다. 뭐, 제가 무대에 다시 서겠다는 말은 아니고요, 제가 제일 잘 할 수 있는 일을 해보려고요."

"그게 뭔 데?"

"안무가를 해 보고 싶습니다!"

"오! 안무! 좋은 생각이다. 안무하면 상상보이 태민이지. 사실 처음 블랙틴 데뷔했을 때도 태민이가 많은 부분에 참여 했잖아. 타이거 댄스와 독수리 댄스는 지금도 최고지! 태민이가 만든 안무는 뭐랄까 좀 다르지. 안 그래요 한실장?"

"하하하. 말해 뭐합니까? 태민이가 만든 안무는 독특하고 인상적이죠!"

"아이 참. 저를 너무 높게 평가하시는 듯하네요."

"우리 태민이 겸손하기까지 하네."

"본론으로 들어가는 게 좋겠네요. 연습생 시절부터 실장님이 매주 하나씩 안무를 만들라고 과제를 주셔서 제가 만든 안무영상 자료가 많이 있습니다. 그 영상들을 컴퓨터 이미지로 전환시켜서 데이터 베이스화 하는 일을 해 보고 싶습니다. 이런 데이터 처리 과정을 거치면, 안무 종류도 매우 다양해질 테고, 각각의 안무를 결합해서 사용할 수도 있을 것 같습니다. 결과적으로는 수백 개 아니, 수천 개의 안무 동작을 데이터화 할 수 게 되는 거죠."

"와! 멋진 생각인데!"

대표님 방을 나온 후, 태민이는 긴장감이 풀려서 인지 화장실이 가고 싶어 졌다. 5층 끝에 위치한 화장실로 향했다. 그리고 그는 그곳에서 가장 난감한 현실에

직면하게 되었다. CM 엔터는 회사 설립 이후부터 지금까지 장애인 직원이 한 명도 없었기에, 장애인용 화장실이 5 층에는 없다는 사실이었다. 사실, 건물 1 층에는 장애인용 화장실이 있었지만, 엘리베이터와 화장실은 반대편에 위치하고 있었기에 1 층으로 다시 내려 가기에는 시간이 부족하다고 판단되었다. 태민은 우선 화장실로 들어갔다. 호텔처럼 반짝이는 대리석 바닥에 은은한 조명, 그리고 가벼운 클래식 음악이 흐르는 멋진 화장실임에도 불구하고 휠체어를 탄 나에게는 그저 최악의 화장실일 뿐이었다. 서서 이용하는 소변기는 사용할 수 없었고, 앉아서 일을 보는 공간은 휠체어가 들어가기에는 매우 좁았다. 조급한 마음이 밀려왔다. 그는 우선 안 쪽의 문을 열고 휠체어를 최대한 가깝게 위치시킨 후, 한 손은 변기 위에 위치하고, 다른 한 손은 휠체어의 손잡이를 잡고서, 양팔에 동시에 힘을 줘서 몸을 들고 회전하여 양변기에 앉으려고 했다.

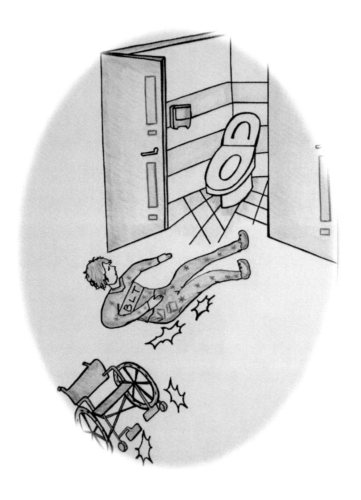

하지만 순간 변기 위에 놓인 손이 미끄러지면서 몸은
화장실 바닥에 내동댕이쳐지고 휠체어는 화장실 문

밖으로 조금 굴러갔다. 순간 그는 아픔도 잊을 만큼 엄청나게 당혹스러웠다.

'빨리 다시 휠체어에 앉아야겠다'는 생각뿐이었다. 밖으로 밀려나간 휠체어를 잡기 위해 축 늘어진 다리를 끌어와서 똑바로 놓고, 휠체어를 향해 양팔로 기어갔다. 그리고 휠체어를 잡기 위해 손을 뻗는 순간 블랙틴의 리더 태양이 형이 들어왔다.

"태민아!"

태양이 형은 태민이를 보고 놀란 표정을 하더니 뒤 이어 따라오던 노을이 에게 급하게 몸을 돌렸다.

"노을아, 내가 말 할 때까지 화장실에 아무도 들여보내지 마. 절대로, 알아 들었어?"

"뭐라고?"

노을이가 당황한 듯 묻자 다시 한번 확인했다.

"여기 무조건 있어. 그리고 절대 아무도 들여보내지 마!"

태양은 매우 강한 어조로 말했다.

"오케이, 알았어."

태양이 형은 넘어져 있는 그를 향해 재빠르게 다가가, 휠체어를 똑바로 위치시키고, 태민이를 들어서 휠체어에 앉혀 주었다.

"소변?" 태양은 작은 목소리로 물었다.

태민이는 말없이 고개를 끄덕였다. 태양이 형은 휠체어를 화장실안에 비스듬하게 위치시킨 후 내 어깨를 들어서 변기 위에 앉혀 주었다.

지금의 대한민국은 장애인에게 안전한 나라가 아니다. 휠체어를 탄 장애인은 이용할 수 없는 택시와 버스 같은 대중교통 수단, 건물 입구에서의 열 수 없는 무거운 문, 장애인은 사용할 수 없는 화장실,

그리고 가장 두려운 비장애인의 시선. 현실에서의 하루는 상상 보이, 철수에게 조차도 상상하기 어려운 고난의 연속이었다. 하지만 그는 이미 알고 있었다. 모두 미리 예측했던 일들이었다. 비록 현실에서는 그 고난의 크기가 상상보다 크고, 감당하기에 버거웠지만, 그는 자기

자신과 그리고 자기를 좋아하는 팬들에게 극복하겠다고
약속했다.

'이거 내겠다고!'

10. 안무가로서 성공

늦은 밤 시간, 음악소리와 컴퓨터의 키보드 소리만이 들리고 있는 작은 방에서 태민이는 안무 작업 중이다. 블랙틴의 두 번째 앨범의 안무를 만들고 있다. 심지어 그는 처음으로 작사까지 도전했다.

그는 자신의 노래와 춤으로 다시 무대에 서고 싶었다. 블랙틴은 5 번째 멤버는 태민이라고 하면서 지금까지 계속 4 명의 멤버로 활동하고 있었다. 대표님을 포함한, CM 엔터의 모든 사람들이 새로운 5 번째 멤버를

영입하자고 했지만, 태영이 형을 비롯해서 새론, 진영 그리고 동기인 노을까지 절대 반대의 의견을 표명하면서, 회사에 피해가 가지 않도록 본인들이 더 열심히 하겠다는 굳은 의지를 나타내자 결국엔 회사도 블랙틴의 의견을 따르게 되었다. 태민은 그런 배려심 있는 멤버들과 자신을 기다려주는 팬들을 위해서라도 더 노력해야 했다. 누구보다도 자신이 먼저 바뀌어야 했다. 자신을 가엾은 장애인으로 바라보지 않고, 능력 있는 블랙틴의 5 번째 멤버로 봐주길 원했다.

블랙틴의 2 집 수록 곡 중에 타이틀 곡이 된 'Strong-man'의 안무 연습이 한참이다. 사랑하는 여자를 보호하고 싶은 강인한 남성의 마음을 표현한 노래로, 박력 있는 타악기의 소리에 맞춰서 힘있고 빠른 강인함이 표현됨과 동시에 사랑하는 여인에 대한 애틋한 마음을 부드러운 동작으로 표현해 서양과 동양의 댄스가 결합된 듯한 안무를 연습하고 있다. 태민은 CM 엔터의 컴퓨터 그래픽 기술과 축적된 데이터 그리고 그의 상상력으로 다른 곳에서는 볼 수 없는 창의적인 안무를 완성시켜 가고 있었다. 그리고 최종적으로 블랙틴 멤버들이 그의 상상 속 모습을 현실에서 표현해주고 있었다.

"이곳에서 태양이 형이 가운데로 들어오고, 진영이와 노을이 양쪽으로 갈라지고, 뒤에 있는 새론이가 태양이 형을 밝고 앞으로 점프."

그는 연습실 뒤쪽에서 멤버들의 안무를 지도하고 있다. 모든 연습은 컴퓨터에 기록되어 저장되고 있었고, 심지어 실수가 있는 부분이나 부족한 부분을 컴퓨터에 표시되도록 하는 피드백 기능까지도 내장되어 있었다.

"오케이 다시 해보자."

"다시."

"다시."

"태민아! 좀 쉬었다 하자!" 새론이가 자리에 털썩 주저앉으며 불만을 털어놓는다

"뭐?"

"아니, 선생님! 휴식이 필요합니다."

새론이가 다시 예의 바르게 말을 하자 모두가 웃음을 터뜨렸다.

"자, 여러분 모두 잘 해주고 있어요. 딱 10분만 쉬었다가 해요."

태민이는 제법 안무선생님의 포스가 나타났다.

"믿기지가 않네. 우리가 태민이의 로봇이 된 거 같아. 이전 안무 선생님보다 더 독한 것 같아. 본인이 이제 춤을 안 추니까, 이렇게 연습하는 게 얼마나 힘든 지 까먹은 것 같아."

진영이의 말에 모든 멤버들이 진영이를 쳐다보았고, 진영이도 순간 본인이 무엇인가 실수한 것 같다는 생각이 들었는지 어쩔 줄 몰라 했다. 태민이는 웃으며 대화에 끼어들었다.

"하하하, 어떻게 알았어? 맞아! 난 춤을 못 추니까, 이젠 내가 생각해도 하기 어려운 동작들도 만들어 낼 수 가 있더라 고. 어차피 내가 할 건 아니니까? 하하하."

"야! 너 우리 놀리는 거야?" 노을이가 손가락을 가르치며 말했다.

"진영이 형, 정말 고마워!"

"뭐가……."

"난 춤을 못 춘다고, 그렇게 말해줘서."

진영이는 무슨 말인지 이해를 못한 듯 다른 멤버들의 눈치를 보았다. 태민이는 앉아서 쉬고 있는 진영이 형에게 휠체어를 밀고 가서 살짝 윙크를 했다.

"날 장애인으로만 보지 않았으면 좋겠어. 난 걷지 못해 그러니까 못 걷는다고 말해도 되고, 농담과 장난을 해도 돼, 나를 배려해야 할 특별한 존재로 바라보지 말아줘. 이전처럼 장난도 치고 싸우기도 하고, 화해하면서 그렇게 해주면 정말 좋을 것 같아. 내 눈치를 보지 말고"

멤버들은 서로 얼굴만 쳐다볼 뿐 조용하게 태민이를 바라보고 있었다.

"답답하네. 그러니까, 내 말은 답답한 형들에게 쉽게 말해줄 게! 내 눈치보지 말고 편하게 말 하라고!

휠체어를 타는 난 이전과 달라. 그리고 내 마음도 달라졌어. 적응하고 바뀔 사람은 나지 형들이 아니야. 난 괜찮다고 알아들었지? 그리고 이제 형들은 고생 좀 할 거야, 왜냐하면 내가 선생이고, 형들은 학생이니까! 하하하"

태민은 약 올리는 표정으로 오랜만에 함박 웃음을 보였다.

"아~이제 우리 죽었다." 진영이 바닥에 누우며 한숨을 쉬었다.

"10 분 지났습니다. 자! 모두 자기 자리로!"

11. 다시 블랙틴으로

블랙틴은 2집을 발표한 이후 더욱 더 인기가 상승했다. 게다가 역동적인 블랙틴의 멋진 춤 덕분에 태민이의 인기도 같이 높아졌다. 특히 사람들은 장애인 K-pop 가수에 대해 더 많은 궁금증을 보였다. 그럼에도 불구하고 태민은 장애인 K-pop 가수로 유명해진 것에 대해 나쁘게 생각하지는 않았다, 오히려 더 좋게 생각했다. 그 이유는 그는 사람들이 장애인이 된 K-pop 가수라는 그 사실 보다는, 갑작스럽게 장애인이 되었음에도 불구하고 자신의 꿈을 포기하지 않고 용기 있게 자신의 삶을 개척해서 성공한 K-pop 가수의 모습을 보고 싶었다고 생각했기 때문이었다.

태민의 인기가 올라감에 CM 엔터의 사회적 인지도 또한 매우 좋아졌다. CM 엔터는 엔터테인먼트 회사 최초로 정부의 장애인 의무 고용 비율에 따라 장애인 스텝을 채용했고, 건물에 장애인 화장실을 각 층마다 설치했으며. 건물의 출입문도 장애인들이 접근성이 쉽도록 자동문으로 교체하여 설치했기 때문이었다. 또한 카페에 설치된 무인 주문 기기인 키오스크도 휠체어 고객이 사용할 있도록 화면 높이를 낮추는 등 CM 엔터의 모든 시설은 장애인이 지내기에 불편함이 없는 장소가 되었다. 그리고 CM 엔터는 '장애인과 함께' 라는 슬로건을 내걸어 사회에 선한 영향력을 주는 우수 기업으로 성장하게 되었다. 또한 이러한 점은 해외에서도 큰 이슈가 되었고 SNS에서의 전세계 팬들도 열광했다. 이제 CM 엔터는 휠체어를 타고 다니는 사람이 태민 혼자만이 아니었다. 이제 CM 엔터는 장애인과 비장애인 함께 사는 진정한 작은 사회를 만들어 가고 있다.

블랙틴의 2집 발표 후 첫 번째 콘서트 장소이다. 어느덧 마지막 노래를 부르며, 멤버들이 팬들에게 손을 흔들며 인사를 하고 있었다. 태민이는 멤버들 몰래 준비한 공연을 위해 무대 아래쪽으로 행했다. 마지막 곡이 끝나자 무대 조명이 모두 꺼졌다. 멤버들은 갑작스러운 어둠에 놀란 표정을 지으며 멈춰 섰다. 그리고 무대 아래 리프팅 장치에서 태민은 홀로 서서히 무대 위로 모습을 드러냈다. 몸을 90도까지 세울 수 있는 장치에 고정시키고 조명과 바퀴를 이용해서 하반신 마비인 태민이가 서서 걷는 효과를 만들어냈다. 수많은 팬들은 대형 스크린에 태민이 걷는 모습으로 보이자 큰 소리로 환호하면서 태민의 이름을 외쳤다. 아마도 극대화된 시각적 효과 대문에 팬들은 마치 그가 걷는다는 착각을 했을 것이다. 그리고 태민은 자신이 직접 만든 노래로, 너무나 오랫동안 꿈꿔왔던, 그러기에 결코 포기할 수 없었던 블랙틴의 5 번째 멤버, 태민만의 노래가 무대에 울려 퍼졌다.

지난날 슬픔과 우울에 빠져 허우적대던 난,

헤어나올 수 없었어.

시간이 흘러, 난 다시 예전처럼 일상으로 돌아왔어.

주변에 마음 쓰지마,

모든 건 잘 될 테니 편하게 있어.

내 안의 강한 힘이 지켜줄 꺼야.

운명에 맞서 포기하지 않을 테니.

함께 살아가는 거야. ★

모든 건 잘 될 꺼야.

내 도전은 날 더욱 멋지게 할 테니,

우리 함께 높이 비상하는 거야.

좌절하거나 포기하지 마.

우리에게 끝난 건 없어.

영원한 건 없어. 잠시 잃어버린 것뿐!

나의 꿈은 변하지 않아.

언제나 나와 함께 할 테니.

시작해! ★